洪子诚 著

当代文学十六讲

上海文艺出版社

80年代讲稿

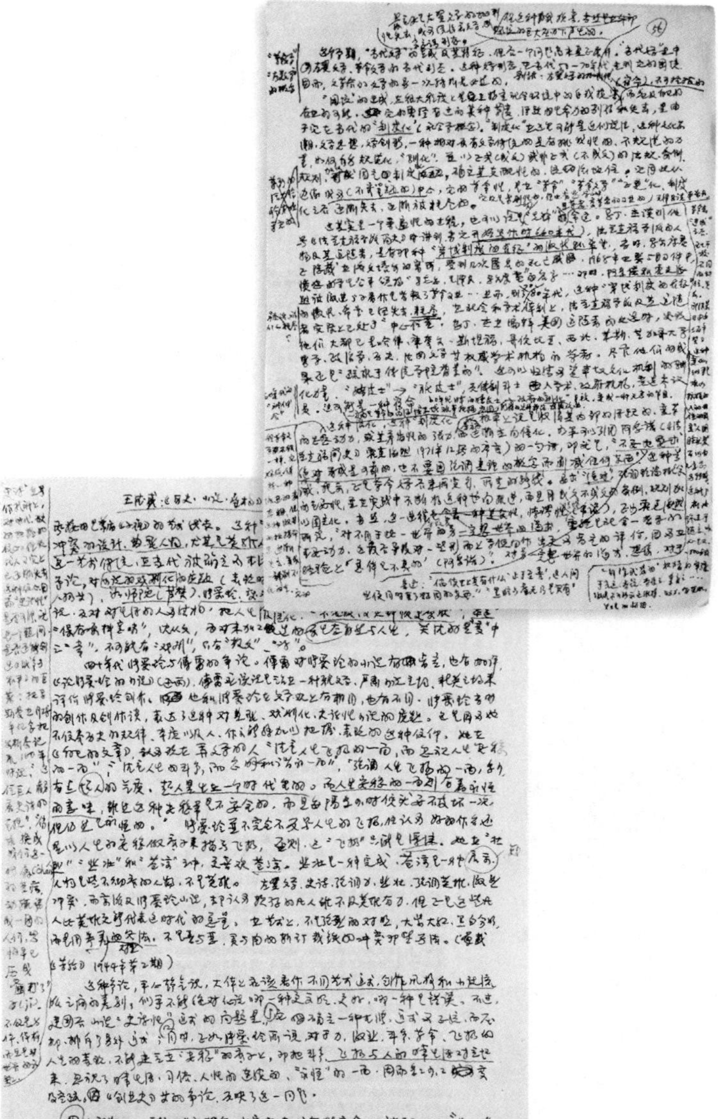

90年代讲稿

2009 至 2014 年讲稿

目 录

几点说明 1

第一讲 疑窦丛生的"当代文学" 3
"当代"何以能"史"？——"水"如何"到"，"渠"何以"成"？——"日光之下无新事，旧招牌下又出新招"

第二讲 当代文学的"地形图" 17
"友好的漫画"——当代作家分类方式——文学地理中心的转移——"中心作家"的地理构成

第三讲 "苏联化"与"去苏联化" 33
短暂而影响深远的"蜜月期"——其实是并不完全相同的体系——文艺"世界中心"的想象和争夺——想象、道路分叉的核心点

第四讲　中篇小说的"发明"　49

"中篇小说"的概念——短篇故事与短篇小说——个人时间和历史时间："史诗性"问题

第五讲　"组织部"里的文学成规　65

一部小说两个篇名——不同叙事成规的裂痕和较量——人物的社会等级和文本的结构等级——消除不安与制造困惑——个人隐秘情感诱惑：革命作家也难以挣脱

第六讲　"人民大作家"或"乡村治理者"　83

晋、陕的两个作家群——乡土社会的内部秩序？——质朴叙述与浪漫描写——不同的身份意识

第七讲　历史提的问题，回答得了么？　101

小说的"霸权"入侵诗歌——"生活抒情诗"与伊萨科夫斯基——作为特定诗体的"政治抒情诗"——诗歌公共性与主体的压抑——政治诗的问题，也是"政治"的问题

第八讲　19世纪文学："怀旧的形式"　117

一份书目：观察问题的"窗口"——新文艺，其实也是"怀旧的形式"——为何选择《红与黑》？——双刃剑：19世纪现实主义——知道"黑夜"，才能理解所经历的"白天"

第九讲　60年代的"戏剧中心"　137

"戏剧"与"中心"——"戏剧中心"生成的因素——这个时期戏剧的"总主题"——时隔三十年的两个文本的比较——臭虫也有了自己的声音

第十讲　**当代文人的另类写作**　159

"当代文人"的说法——《燕山夜话》：忠言劝谏者的悲剧——旧体诗词："寻常化"和"定型化"的范式——不应厮守于细枝末节，但空洞议论也非可取

第十一讲　**延长线上的"新时期"**　177

80年代的"新时期文学"——"冰雪消融，云雀歌唱"——80年代的"前台作家"——文学革新的资源——参与历史叙述和政治实践的文学——人道主义问题的复活

第十二讲　**新诗潮：寻找新的符号系统**　197

"朦胧诗"和新诗潮——《今天》与诗歌民刊——北岛的诗及其评价

第十三讲 **拒绝的诗歌美学** 213
　　两种不同的"表达"——"技巧是对诗歌真诚的考验"——迟到的多多——"诗歌规训政治，艺术征服题材"

第十四讲 **"卑微者"的小片天空** 231
　　"现代抒情小说"——虔诚的纳蕤思——对小人物的敬意和尊重

第十五讲 **文学里的城市空间** 247
　　作为一种文化现象——不同的"文革"视角和对象——文学与城市空间——没有"文学中的城市"，就失去"文学的城市"——并不阳光的失重、虚空感

第十六讲 **结束语：承继与告别的难题** 263
　　形式创造意义——作为思想随笔的小说——重述让器皿碎裂一地——另寻"拯救者"——自取的痛苦

v

几点说明

应活字文化的邀请，2024年春夏录制了"中国当代文学16讲"的视频课。这本书是为录制视频准备的文字稿。因为视频课每讲时间限制在30分钟左右，内容只得做许多删减。这次整理文字稿时，保留了一些视频录制时删去的部分，也做了许多改动、扩充。因此，这本书和播出的课程不完全相同。

按照目前对中国当代文学的理解，它已经70多年，很快就一个世纪了。这里16讲的内容，从时间上说主要涉及20世纪的50年代到80年代——这是我所理解的"中国当代文学"的时间刻度。空间上，这个时期台湾、香港、澳门等地区的文学自然也是中国当代文学的组成部分，不过由于它们与大陆文学性质上的差异，我的课程没有包括在内。也没有涉及海外华文文学的部分。即使将范围做了这样的减缩，20世纪50年代到80年代中国大陆文学的文学现象也相当丰富复杂，这16讲自然无法较全面涵盖。我的选择依据主要是两点，一是题目对呈现"当代文学"特质的有效性，二是我略有心得的那些部分。因此，许多文学现象和重要作家作品都未能讲到。好在有关这方面的内容，已经有无数的著作论文发表，我的这个小册子只是做一些补充。

我2002年从北大中文系退休。2009年到2014年间，虽然在台湾的三所大学讲授过大陆当代文学，但总的说来已经长时间脱离教学实践，对风云变幻、急速发展的文学现状——无论是创作还是研究——的了解、把握，已经有心无力。讲稿信息的不足和观点的缺陷，应该不难发现；期待读者的批评。

感谢在文字稿写作和视频录制过程中，覃田甜、颜杨的辛苦和鼓励，除了提出宝贵建议之外，最重要的是尽力减少我面对摄像头的恐惧，增添一点自信心。感谢杨司奇细心、辛苦的编辑工作，她核对引用的材料，改正文字的一些错漏，并提出了许多修订建议。

洪子诚
2024年6月

第一讲

疑窦丛生的"当代文学"

> 这个变化很重要,"现代文学"替换"新文学",是为"当代文学"的生成给出空间。换过来说可能更准确:"当代文学"创造了"现代文学"。

"当代"何以能"史"?

首先要解释什么叫"中国当代文学"。这好像是不言自明的,其实不是,一直存在争议,所以用了"疑窦丛生"这个说法。这个说法来自戴锦华多年前的一篇文章,题目记得是《疑窦丛生的"当代"》。戴老师的"疑窦丛生",指的是对中国"当代"(指20世纪50—70年代)这段历史,在性质、意义上出现的分歧。她在谈到20世纪80年代"重写文学史"这一社会文化实践的时候说,"在这一过程中,当代史,准确地说被种种的断裂说所切割的前三十年,成了一处特定的禁区与弃儿,在种种'借喻'与'修辞'间膨胀,又在各色'官方说法'与沉默不屑间隐没。"(《面对当代史——读洪子诚〈中国当代文学史〉》,《当代作家评论》2000年第四期)。"禁区"与"弃儿","膨胀"与"隐没",确实是一个时期内这段历史在性质和价值认定上所发生的严重分裂的状况。

我在这里使用"疑窦丛生"的说法,包含了戴锦华的这层意思。不过这里主要面对的是"当代文学"这个概念的有效性。这个时期概念出现在20世纪50年代后期到60年代初,被普遍使用并成为学科概念是在"文革"后的80年代。围绕它发生的争议、质疑,涉及名称、性质、起讫、范围,等等。这里有名实不符的问题。经常听到的疑问是,如果说当代文学开始于1949年,到现在已经六七十年,为什么还叫"当代"?另外,它好像无下限无止境的样子,要"当代"到何年何月?还有,作为一个被教育部确立的学科,它究竟是文学史研究,还是文学现状批评?台港澳地区的文学自然属于中国当代文学的范围,但是海外华文文学呢?"华文文学""现代中文文学"的概念,与中国当代文学之间是什么样的关系?都存在不同的理解。

2009年,也就是当代文学60年的时候,上海的蔡翔、罗岗,还有纽约大学的张旭东有一个对话,叫《当代性·先锋性·世界性》(《学术月刊》2009年第十期)。张旭东特别谈到"当代文学"特质这个问题。他说,"当代"第一层意思是仍然在展开的，尚未被充分历史化的经验，"当代文学"总体上同"历史""知识"是对应或对抗的，它的本体论形态是行动，是实践，是选择、冒险；当代文学就不应有"史"；"'当代文学史'从严格意义上讲就成为一个自相矛盾的概念"；当代不得不把自己历史化的时候，实际上是自我否定了。张旭东提出这个问题还有另一层意思，就是强调以选择、探索、实践为特征的文学批评的重要性，这是为一个时期被忽视、被压抑的批评"伸张正义"。他说批评是第一性的，文学史是第二性的，批评为当代文学不断提供意义和活力。张旭东的这些话很有道理。他强调"当代文学"展开、进行、选择、实践的性质，强调重视文学批评，这些我都很赞同。

可是，张旭东是从一般意义上来理解"当代文学"的，没有触及"当代文学"这个概念的发生，以及概念内涵的特定情况，所以要做一点补充说明。就是说，要将一般意义上的"当代文学"和作为特定时间产生的时期概念的"当代文学"区分开来。从名、实的层面，张旭东和其他学者（包括80年代初的唐弢先生）的质疑是有道理的："当代"就不是"史"，与"史"是对立的。不过，"当代文学"作为文学时期概念提出的时候，并不只是"当下""现阶段""正在发生"的这层意思。20多年前，我在《"当代文学"的概念》这篇文章中讨论过这个问题。文章开头指出，"这里所要讨论的，主要不是被我们称为'当代文学'的性质或特征的问题，而是想看看'当代文学'这个概念是如何被'构造'出来和如何被描述的。由于参与这种构造、描述的,不仅是文学史家对一种存在的'文学事实'的归纳,因而,这里涉及的,也不会只限于(甚至主要不是)文学史学科的范围。"也就是"从概念的相互关系上、从文学史研究与文学运动开展的关联上来清理其生成过程。讨论的是概念在特定时间和地域的生成和演变,以及这种生成、演变所反映的文学规范性质"。这些话要强调的是,"当代文学"的时期概念,主要不是文学史家"事后"的描述,而是文学现象的推动、开展者的命名;这一命名具有特定的内涵。

了解20世纪中国文学的人都知道,20世纪50年代中期之前,文学史、作品选和批评文章在谈到"五四"以来的文学的时候,一般都使用"新文学"的说法,很少使用"现代文学"。拿文学史性质的论著说,如周作人的《中国新文学源流》(1932)、王哲甫的《中国新文学运动史》(1933)、赵家璧主编的《中国新文学大系》(1935–1936)、吴文祺的《新文学概要》(1936)、王瑶的《中国新文学史稿》(1952)、刘绶松的《中国新文学史初稿》(1956)。当然个别也有用"现代文学"的,如丁易的《中国现代文学史略》(1955)。而在50年代后期到60年代初,使用"当代文学"来描述1949年以后的文学之后,"现代文学"逐渐取代"新文学"这一概念。这个变化很重要,"现代文学"替换"新文学",是为"当代文学"的生成给出空间。换过来说可能更准确："当代文学"创造了"现代文学"。文学史这一分期和相应产生的概念，是为了明确区分以1949年为界的文学。当时文学纲领、政策、开展方式的决策者认为，1949年以后新中国的文学，是"五四"以来新文学发展的新阶段：由"新民主主义文学"进到"社会主义文学"，是对"五四"新文学的超越，具有更高的等级，因此需要给以区分。在50年代，这种区分经常采用"建国以来的文学"或"新中国文学"等表述方式，随后可能认为这些说法不大妥切，便逐渐由"当代文学"取代。也就是说，这一概念产生的时候，既有"当下""现状"的意思，更重要的着眼点是不同性质的文学时期的划分。

80年代之后，这个概念的内涵，在不同学者那里理解上发生了很大变化。总的趋向是，原先的当代文学的社会主义性质，和比"五四"新文学更高位阶的理解在衰减；有的研究者在肯定分期必要性的基础上，对"当代文学"的性质做了不同的描述，另外的学者则可能看作是一个单纯的时间概念。

"水"如何"到"，"渠"何以"成"？

近年来，当代文学研究界也从学科设置等方面关注、讨论这个问题，不过都没有结果。当然，将1949年作为20世纪中国文学的一个分界点，大多数学者都认可。分期在文学史研究中是个前提。已故的日本中国现代文学研究学者相浦杲——他在50年代将王瑶先生的《中国新文学史稿》翻译成日文——说过这样的话：

> 时间是一刻也无法停步地流逝着，但人类也在构建着历史；如果要对过去的事情进行重建，那么，如在空间起个地名一样，时间的河流也要赋予名称，要区分不同的段落，否则就无法在时间中指认哪一点。

因此，分期是文学史研究的一个前提。文学史分期的依据主要是两个方面，一是文学现象、状况，包括作家作品，文学风尚、趣味，文学制度等，另一个是文学史研究者对这些复杂现象的分析、理解。正如韦勒克、沃伦在《文学理论》中说的，"我们不能同意两种极端的观点，不能同意认为文学时代是一个实体，它的本质得靠直觉去把握的那种形而上学观点，也不能同意文学时代只是一个为描述任何一段时间过程而使用的语言符号的那种极端唯名论观点。"（《文学理论》，三联书店1984年）。文学史分期不能说不具实体性的意义，但也要承认这也是研究者对现象所做的阐释，这一尝试与研究者的视角、文学观念，以及研究的诉求有关。从这样的意义上说，文学分期也可以说是一种"分析工具"，多种不同的时期划分就是可以理解的。目前，困扰文学研究者的问题，主要发生在国家教育部门的学科设置与文学史时期分析可能的多样性之间的矛盾上。如果不是将"现代文学"和"当代文学"（及其相应的概念）作"硬性"的学科设定，相信中国现代文学研究界的这一焦虑会有很大缓解。

在90年代之前，研究者不大重视中国现、当代文学之间转化的研究，相反，"现代文学"到"当代文学"在文学史中被普遍描述成水到渠成、自然而然的事情。这包括我参加编写的《当代中国文学概观》（北京大学出版社1980年初版，1986年修订版）。这一转折，经常使用"新中国成立，文学进入新的时期"，或"历史巨手掀开新的一页"等笼统而浪漫的说法。"历史巨手"指什么，如何掀开的，都语焉不详。

90年代之后，研究界开始重视这方面的探索，如钱理群的《1948：天地玄黄》（山东教育出版社1988年），如我的《中国当代文学概说》（根据1991年到1993年在日本东京大学的讲稿整理，香港青文书屋1997年）。1999年出版的《中国当代文学史》第一章《文学的"转折"》和第二章《文学规范和文学环境》也都是在讨论"当代文学"的发生。钱理群和我的讨论关注不同的侧面，他聚焦于时势笼罩、推动下，作家的心态、意向发生的变化和选择上的矛盾，我可能侧重"当代文学"的主导性形态的统治地位是如何建立的，也就是侧重"制度"的层面。在我这里，"制度"既是外在、物质的，如作家组织、管理，发表出版和评价机制，作家生活存在方式；同时也是"内在"的，即文学的语言、结构、叙述方式等成规。按照我的理解，四五十年代的文学转折是一个政治—文学性质的运动，带有预设、规划的运作方式。不同的流派、力量对未来文学前景有不同的设计，目标明确并有力量决定文学走向、对文学实施"规范"的，只有革命政权领导、影响下的左翼文学；这一力量通过构想、召唤和推动，产生出有关"当代文学"的形态。而这一实践过程的阻力，主要来自两个方面，一是在40年代针对左翼文学，倡导文学独立、自主，反对政党干涉的自由主义派别；另一是左翼内部强调主观、主体精神的胡风等派别：它们是50年代到70年代文学运动、斗争所要"清除"的对象。"当代文学"的生成体现在概念、知识、文学史叙述的生产上，而制度的建立是重要保证。

1949年开始的当代文学也可以看作是"国家文学"，是由国家统一对文学生产全过程进行管理的文学，包括成立全国性的作家组织，国家管理文学出版、流通传播过程，制定统一的文学方针政策，对创作的政治艺术做出鉴定、评价。作家身份、"存在方式"发生重大变化，被组织进某一部门中成为"干部"、公职人员，不再有现代时期的"自由撰稿人"的身份；这一身份重新出现要到80年代后期。"五四"新文学的发生与展开，和书店、文学刊物关系密切。从50年代初开始，创办了国家一级和各省市的，由作协主管的文学刊物，现代时期的同人性质的文学杂志不再存在。而民营书店、出版社或撤销合并，或收归国有。以出版社为例，1926年创办、出版过叶圣陶《倪焕之》、巴金的"激流三部曲"《家》《春》《秋》、高尔基《母亲》中译本的开明书店，1955年与青年出版社合并成为中国青年出版社。商务印书馆、中华书局也改为公办，1954年从上海迁至北京，"商务"改为出版中外语文工具书和外国学术著作，而"中华"则专门出版中国古籍。50年代初，上海的多家民营书店、出版社，如海燕书店、文化生活出版社、棠棣出版社、新群出版社、大孚出版公司、群益出版社等，先后合并成为公营的新文艺出版社（上海文艺出版社前身）。制度的重大变化，对文学整体面貌和具体作家创作，都具有实质性的影响。

"日光之下无新事，旧招牌下又出新招"

这个小标题，来自金克木先生1989年刊于《读书》上的文章《百无一用是书生》。其中有一段说，20世纪以来，读书人所鼓噪、提倡的不见得扎根，所要破坏的也不见得泯灭。"'鸳鸯蝴蝶派'亦存亦亡。'德、赛两先生'半隐半现。尤可异者，'非孝'之说不闻，而家庭更趋瓦解。恋爱自由大盛，而买卖婚姻未绝。'娜拉'走出家门，生路有限。'子君'去而复返，仍傍锅台。一方面妇女解放直接进入世界潮流；另一方面怨女、旷夫、打妻、骂子种种遗风未泯。秋瑾烈士之血不过是杨枝一滴……"这些话评论的是社会现实。我这里借用来讨论文学"转折"中"新"与"旧"的关系。这一关系，正如金克木在《孔乙己外传》（三联书店2000年）中说的，"日日新"宣告之外，还有"日光之下并无新事"，而"旧招牌下面又出新货，老王麻子剪刀用的是不锈钢"。

现当代文学的转折，自然意味着"新"的事物的出现、"旧"的因素的消亡的这种更替；但是更应该将转折看成是各种构成因素、惯例、成规的结构性关系的调整、转化。英国文化学者雷蒙德·威廉斯指出，"文化的复杂不仅体现在它那多变的过程和社会性定义——传统、习俗机构、构形，等等——之中，而且（就这一过程的每一阶段而言）也体现在那些也已发生或将会发生历史变化的诸因素之间的动态关系中"。他还说，"在真正可信的历史分析中，最有必要的是应当在每个阶段都认识到那存在于特定的，有效地主导之内或之外的各种运动，各种倾向之间的复杂关系"。对这一历史分析方法，他提出了"主导"（因素）、"有效"（因素）所形成的霸权之外，还需要注意"残余"（因素）和"新兴"（因素），以及它们和"主导"因素的关联。所谓"残余"因素，他说，"残余乃是有效地形成于过去，但却一直活跃在文化过程中的事物"(《马克思主义与文学》,河南大学出版社2008年)。他这里说的,可以说是从事物的"结构性关系"、事物的各种决定性质因素之间的关系(强弱、位置、互渗与分裂……)上来理解、探究现代与当代文学之间,当代文学"前三十年"和"后三十年"之间的变化、转折的问题与征象,是一个可行的路径。这个思路,会在下面的各讲体现。

第二讲

当代文学的"地形图"

> "中心"意味着思潮、运动、政策、评价、传播的策源地,决定着文学的走向。这是当代文学"一体化"重要征象之一。

"友好的漫画"

"地形图"借用的是地理学概念，或者也可以说是当代文学的结构图，讨论的是文学的地理中心，以及中心地理位置的转移怎样影响了当代文学的面貌。

先来看一幅漫画，作为讨论的入口。漫画名字是《万象更新图》，以三个16开本折页的篇幅，刊登在1956年第一期《文艺报》上。这幅漫画当年还单独印制出版。

漫画作者是丁聪、江有生、英韬、华君武、方成、米谷、张光宇、叶浅予、沈同衡、张汀，都是当代著名画家，用了半个月

《万象更新图》将当时文坛95位文艺工作者按地位、创作题材类型等进行了排列。

新图

丁聪 方成 叶浅予 米谷
沈同衡 特伟 张乐平 华君武

时间集体创作。这么多的画家集体创作,他们的观念和风格如何协调、如何分工,是个有趣现象,我还没有得到相关的创作情况的资料。漫画还配有袁鹰、马铁丁、袁水拍等写的解说诗《作家们,掀起一个创作的高潮》,这些画家大多是三四十年代成名,有的是1950年创刊的《漫画》杂志主要成员。"掀起一个创作的高潮"是这幅画的主题。马铁丁本是陈笑雨、张铁夫、郭小川50年代写思想杂谈的共同笔名,这里的马铁丁指郭小川。

1955年,工商业社会主义改造和农业合作化运动出现"高潮",按照毛泽东的"随着经济建设的高潮的到来,不可避免地将要出现一个文化建设的高潮"的论断,文学界认为文艺也将有飞速发展局面的降临,这幅画就是呼应这一预期的。不过,在这个问题上,马克思曾有不同的观点。他在《〈政治经济学批判〉导言》中,有经常被征引的"物质生产的发展同艺术生产的不平衡关系"的论述,并举古希腊的雕塑、史诗等为例证。中国当代的文艺理论家自然会敏感其间的差异,需要给予解释。《文艺报》1959年第二期,便刊登了当时任教于山东大学的美学家周来祥的文章,文章有一个很长的题目:《马克思关于艺术生产与物质生产发展的不平衡规律是否适用于社会主义文学》。周来祥和《文艺报》对这篇文章的"编者按"都认为,马克思所说的不平衡现象,"是专指几千年来剥削阶级居于统治地位的旧社会而言","在社会主义制度下，历史上长期存在的艺术生产与物质生产的不平衡现象，已被艺术生产适应于物质生产的新现象所代替"。《文艺报》要大家"根据党中央和毛泽东同志的指示，结合我国文学艺术的丰富经验"，来探讨这一重要的艺术规律问题。不过，即使是为了支持毛泽东的论断，在当年的语境下，修正、质疑马克思的论述，毕竟是个重大的敏感问题。《文艺报》1959年第四期在刊发了张怀瑾的《马克思关于艺术生产与物质生产发展不平衡规律是"过时了"吗？》之后，计划中的讨论便偃旗息鼓，草草收兵。这个问题不在这里讨论，要补充一点的是，后来的事实并没有为物质生产与文艺生产相一致的说法提供确切的证明。

回到这幅漫画上来。漫画这一艺术形式，通常是用来批判负面事物的，五六十年代如美帝国主义、蒋介石匪帮、不法资本家、胡风集团、右派分子、走资派、现代修正主义，以及官僚主义、主观主义、铺张浪费现象等。如果是正面歌颂性质的，大致是指向某种现象，而不涉及具体、真实的人物，特别是知名人士。《万象更新图》在当代是个例外。郭沫若、茅盾、周扬、丁玲等几十位作家均在其中以漫画形象出现。据说这是受当年苏联、东欧一种名为"友好的漫画"的影响。苏联创刊于1922年的著名漫画杂志《鳄鱼》在50年代的中国有一定影响力，它也是以讽刺、揭露为基调，但也有以漫画形式来表现正面的现实人物的作品。《万象更新图》这样采用夸张漫画手法来表现社会知名人士，在我们这个缺乏幽默感的地方，显然水土不服，无法落地生根。有作家事后就抱怨"丑化"了他（她）的形象。

《万象更新图》的正中央上方，是郭沫若先生骑着和平鸽翱翔——当时他地位特殊，影响力不限于文学界；他担任中国保卫世界和平大会主席，经常代表国家参加国际政治、文化活动。正中央下方是中国文学的最高权力机构中国作家协会的院子——当年中国作协所在地是北京东总布胡同53号院，尚未迁至王府大街新建的大楼。主席茅盾，副主席周扬、巴金、邵荃麟、刘白羽等，或专心写作，或接待来访读者。左下方，刚崛起的青年作家刘绍棠作为车把式，赶着乘坐赵树理、马烽、沙汀、魏金枝的胶轮大车，走在乡间路上。在张天翼的钢琴伴奏下，冰心、严文井、陈伯吹、叶圣陶、金近和孩子们一同跳舞——他们曾经，或当时给孩子们创作诗、小说、科普读物，被看作是儿童文学作家。丁玲手拿"户口迁移证"走在去往农村的路上，那是因为她1954年出版了《到群众中去落户》的论文集。不过，丁玲的情况好像和事实不符。1955年夏秋，中国作协党组秘密召开多次内部会议批判丁玲、陈企霞，并在1955年底将他们定性为"反党小集团"，并没有下乡落户的事情发生。画的右边是少数民族作家赛音朝克图、韦其麟、马拉沁夫、铁依甫江。停笔多年的作家排队修理金笔以投入写作热潮，在田径场的赛道上，在全国劳动模范王崇伦（图中唯一非文学界人物，50年代东北鞍钢工人，革新能手，被誉为"走在时间前面的人"）的引领下，作家们争先恐后跨越稿纸组成的栏杆……

当代作家分类方式

与现代作家主要按照政治/艺术观念、流派、刊物（左翼、自由主义；进步、反动；京派、海派、现代派；文学研究会、创造社……）来描述、归类不同，《万象更新图》显示了当代描述作家的不同方式。从50年代初开始，文学创作在思想和艺术上的"一体化"取向，压缩以至取消基于不同思想艺术追求的流派存在的空间。文学的政治化取向，工农兵现实生活"全景"反映的要求，工人、农民、作家对社会主义文学的重要性，这些因素，推动文学题材、特定作家身份在作家分类、描述上的重要地位。我在《中国当代文学史》（2007年修订版）中说，现代文学时期，在许多人的心目中，"题材"意味着作家选取熟悉、理解，认为有价值的事物作为写作对象，指的是具体作品表现的事物。到了当代，题材的含义转向"作为材料的社会生活、社会现象的某些方面"（这个问题，可参见张光年执笔的《文艺报》1961年第三期专论《题材问题》）。也就是说，"题材"问题在当代被认为是文学反映社会生活本质，关系到"文学方向"的重要因素。1949年第一次文代会上，周扬的报告就把"新的主题、新的人物"的大量涌现，"民族的、阶级的斗争与劳动生产成了作品中压倒一切的主题，工农兵群众在作品中如在社会中一样取得了真正主人公的地位"，作为解放区文艺"是真正新的人民的文艺"的重要根据，明确"人民的斗争""生产劳动"与"小圈子内的生活及个人情感的世界"之间的不可混淆的区别。在这幅画中，这种区分已开始成为作家描述、分类的依据。农业题材、工业题材和军事题材的作家被分别聚拢，军队、少数民族身份得到凸显。由于50年代中期培养的来自工农的作家未成"气候"，图里的因素还没有得到充分表现。假如这幅漫画创作于1958年之后，肯定不会忽略陈登科、黄声笑、李学鳌、郑成义、唐克新、胡万春、费礼文、陆俊超等的工农作家"群落"的图像。

文学地理中心的转移

这幅漫画还提供了文学地理中心变化的信息。在现代文学时期，文学中心大多数时间内是在北京、上海两地。它们是文学思潮、文学运动的发生地和作家聚集地，也是重要文学社团、刊物的所在地。北京是"五四"新文学运动的发生地和新文学的诞生地，1921年到1925年间，在这里成立的文学社团有文学研究会、新月社、狂飙社、语丝社、莽原社、未名社、沉钟社等，上海则有民众戏剧社、浅草社、弥洒社、绿波社。北京和上海也是重要文学刊物和出版社所在地。吴福辉在《中国现代文学发展史》（北京大学出版社2010年）中指出，文学期刊和出版社（如商务印书馆等）"共同参与'五四'文学形成的历史"。如果加以细分，那么，"五四"新文学时期显然以北京为中心，而1926年之后，上海的地位显得更为重要。这与当时政局有关，也由上海经济发展程度所决定：上海图书出版业兴盛；众多重要文学报刊在此创办；左翼文学运动蓬勃开展；同时，上海信息流通与交通便利，为文学交流发展提供了优越条件。抗日战争发生之后，北京、上海、南京相继失守，作家出现大规模迁徙，打破了单一"文学中心"格局，汉口、广州、桂林、延安、重庆等曾一度构成"多中心"的"多元"局面。

  1949年之后，由于政治权力和文化资源的高度集中，全国性的文学管理机构的成立，刊物、出版社的等级划分，北京成为唯一的文学中心。以出版社为例，商务印书馆、中华书局、开明书店、生活·读书·新知三联书店等出版社、书店都从上海迁到北京，有的合并，有的改变出版性质。新华书店也成为全国书籍流通的唯一机构。《万象更新图》虽然没有标出北京的地名，但作为权力中心的作家协会位于北京，它的中心地位不言自明。从50年代开始，上海的文学地位迅速下降；上海地位的逐渐"复兴"，要到80年代之后。"中心"意味着思潮、运动、政策、评价、传播的策源地，决定着文学的走向。这是当代文学"一体化"重要征象之一。"地方"发生的事件如要获得承认，发挥影响力，也需要到"中心"来落实。所以有"陕军东征"的说法和行为。"征"不是征服、取代，而是获取"中心"的权威机构、批评家的认可，并因为这个认可而推送、辐射到其他地区。另一个例子是70年代末的诗歌革新运动。北岛1992年在伦敦的"中国当代诗歌研讨会"上说，1978年政治气候发生转变，"一个转变的最重要的迹象，就是1978年10月11号，在王府井大街贴出了黄翔和几个贵州青年人的诗"；"当时他们这种狂妄态度，对北京人来说，可以是呼啸而来的，所以，对我们可以说是一个很大的鼓舞"（钟鸣《旁观者》第二卷，海南出版社1998年）。这里说的是贵州的黄翔、路茫、方家华、哑默等的"启蒙社"成员来北京，在王府井大街贴出总题为"启蒙：火神交响诗"的共一百多张的诗歌大字报。他们12月到翌年3月又五次到北京。除继续张贴诗歌和政论大字报外，还散发、出售他们自印的诗歌作品集，如黄翔的《狂饮不醉的兽形》、哑默的《哑默诗选》等。"外省青年"的"呼啸而来"，影响、鼓舞了北岛们，是后来《今天》诞生的推动因素之一。但对于"外省青年"来说，则是认识到只有来到"中心"（政治的、文学的），预期的效应才有可能发生。对这一点，黄翔在《狂饮不醉的兽形》中粗鲁地说："我之所以选定北京，因为在那里，立于天安门广场，撒泡尿也是大瀑布！放个屁也是响雷！"——这就是"中心"与"边地"的区别。

"中心作家"的地理构成

《万象更新图》在文学"地理"上提供的第二个信息，是有关作家的"地域"构成方面的。在文学创作上，出生地和主要生活地区很重要，特别是对叙事作品的作家来说，这构成他们取材、风格的基础。周立波尽管写出获得"斯大林文艺奖"的、反映东北土地改革运动的《暴风骤雨》，但是最能体现他的才情的还是《山乡巨变》《山那面人家》；那时他已经回到老家湖南。读《万象更新图》的时候，既要看到出现哪些作家，也要注意哪些作家被忽视、被屏蔽：这些被屏蔽、忽视的作家40年代仍处于创作活跃期，或表现出了可以期待的潜力。这幅漫画里，没有沈从文、废名、卞之琳、傅雷、朱光潜、梁宗岱、李健吾、萧乾、施蛰存、钱锺书、师陀，也看不到40年代崛起的"新生代"的路翎、汪曾祺、王辛笛、穆旦、杜运燮、袁可嘉、陈敬容、郑敏、唐祈——"新生代"一词，是唐湜1950年出版的《意度集》（平明书店）中，对这些诗人、作家的概括。上述作家，由于政治立场和艺术倾向等原因被排除在外。被排除的还有左翼文学中的"异端"，1955年被判定为"反革命集团"的胡风、路翎、阿垅、鲁藜、彭燕郊、绿原、牛汉、曾卓，画中他们以"死老鼠"的形象，被铲除到垃圾车里。这里体现了转折期的作家大面积更替。

从50年代开始，文坛上"中心作家"的构成发生了重要变化。"中心作家"的概念，我在《中国文学1949—1989》（《中国当代文学概说》的北京出版社"大家小书"版）里提出三个因素：一、创作对当时文学主潮的贯彻程度；二、受到当时文学界首肯的程度；三、文学思想、作品在当时产生的影响。这三个因素都强调"当时"这一时间点，不是指后来的文学史评价；事实上，这些作家后来的文学史地位有的发生很大变化。从这样的理解出发，在当代50年代到70年代，小说创作的"中心作家"的名单是：赵树理、柳青、杜鹏程、梁斌、杨沫、周立波、欧阳山、周而复、姚雪垠、马烽、茹志鹃、王汶石、李准、曲波、冯德英、浩然等。诗歌方面则是郭小川、贺敬之、李季、闻捷、李瑛、严阵、张永枚。散文有魏巍、杨朔、刘白羽、秦牧。戏剧是老舍、郭沫若、胡可、田汉等。

将这些作家的出生地、活动的主要区域，还有作品取材地域特点，和三四十年代主要作家做比较，可以看到在"文学地理"上发生了明显变化，就是从中国的东南向中原、西北的移动。"五四"时期和三四十年代的主要作家，"出身"（包括出生地和主要生活、活动地区）大多是江浙、上海、福建一带，如鲁迅、周作人、冰心、叶圣陶、朱自清、郁达夫、茅盾、徐志摩、卞之琳、夏衍、艾青、戴望舒、钱锺书、张爱玲、路翎；还有就是也属于"南方"的四川、湖南等地，如郭沫若、巴金、丁玲、周扬、周立波、何其芳、沙汀、艾芜。五六十年代的"中心作家"的出生地和主要生活、工作地区，则大都集中于40年代被"革命地理学"称为晋察冀、陕甘宁、晋冀鲁豫的根据地、解放区那些地域；如山西（赵树理、马烽、西戎、孙谦）、陕西（柳青、杜鹏程、王汶石）、河北（孙犁、梁斌、郭小川、张志民、李瑛）、山东（峻青、王愿坚、贺敬之、胡可、杨朔、冯德英）、河南（李准、李季、魏巍）。

　　作家的这一属性，影响了作品，特别是叙事作品的取材趋向。当代这个时期小说的描述集中在上述这一区域；表现20世纪革命历史和当代农村题材的小说，更是这样——《三里湾》《创业史》《红旗谱》《风云初记》《苦菜花》《艳阳天》，以及杜鹏程、马烽、李准、峻青的短篇都说明这一点。"文学地理"的这一从东南沿海向中原、西北地区的转移，和当代确立的文学方向有关。50年代的文学创作，尤其是小说，是延安、根据地文学理念、经验、范式的延伸。这些作家有的就是在"解放区"成长起来的，或者是自觉实践延安文艺的写作成规，他们的写作与当代这一时期主流文学规范便有更高程度契合的可能性。

文学地理这一从东南沿海向中原、西北的转移，体现在取材、人物、风格、语言等多个方面。作品从比较重视学识、才情、文人传统、日常生活、风土习俗，到更重视政治意识、社会政治运动、各个时期的政策，从更多表现市民、知识分子到更重视表现身为"人民"主体的工农的生活和斗争。比如小说创作，大多数作品集中在描写农村开展的合作化等运动，历史题材则集中在中共领导的"革命历史"这一范围。诗歌配合政治的倾向更为明显急切，出现了"政治抒情诗"这种特定样式。不过，40年代李季、田间、阮章竞等以北方民歌（信天游等）为基础的诗歌创作，50年代之后并没有得到有效延续。

对于重视反映生活的"整体"的当代文学来说，有了不仅从东南城市、乡镇，而且从黄河流域的乡村，从农民的生活、欲望来观察中国"现代化"进程中的矛盾的机会。这种创作取向，拓展了现代文学中那些没有得到展开的领域，也开拓出创造新的审美、语言风格的可能。不过，对这种"转移"的绝对性强调所导致的对另外的生活经验和美学风格的压抑，对当代文学的影响显而易见。加上当代这个时期的许多作家，普遍学历不高，对中国传统文化和西方文化的了解有限。可供借鉴的文化资源范围狭窄，限制了他们想象、虚构的能力，成为他们拓展自身经验、在艺术上进行创造性综合的障碍。当代这一时期不少作家的创作道路说明，个人生活经验固然重要，但是也很容易就衰减、耗尽。

第三讲

"苏联化"与"去苏联化"

当代文学的"苏联化"和"去苏联化"过程相当戏剧性,从情感和想象上说,它交错、重叠着梦想、憎恶、决绝、依恋等多种复杂,甚至对立的因素。这是一个文学自身无法调控的"极化"的行为。

短暂而影响深远的"蜜月期"

由于冷战格局和国际共产主义运动的情势，20世纪50年代初，中国采取"一边倒"的"以苏联为师"的策略，文学自然也是这样。

1949年10月1日，以苏联作家协会总书记法捷耶夫为团长、西蒙诺夫为副团长的大型苏联文化艺术科学工作者代表团访问刚建立的新中国。8日，在中南海怀仁堂，法捷耶夫和西蒙诺夫向到会的一千多名文艺工作者演讲。周扬致欢迎词说："苏联作家的作品以及俄国古典的作品，在一切外国文学中，对中国人民和中国文学是关系最深、影响最大……从苏联作品中，我们看到了世界上最前进的文学——社会主义现实主义的文学。正是从苏联的作品中，我们学习了如何为更好的生活斗争，我们受到了教育和鼓舞。苏联的作家，是我们中国人民特别是我们文艺工作者最好的老师。"1953年，周扬在《人民日报》刊登的文章，再次重申1934年诞生的"社会主义现实主义"是中国文艺"前进的道路"；苏联文学是我们"最好的范本"；"斯大林同志关于文艺的指示，联共中央关于文艺思想问题的历史性决议，日丹诺夫同志的关于文艺问题的决议……给予了我们以最正确的、最重要的指南"（《社会主义现实主义——中国文学前进的道路》，《人民日报》1953年1月11日）。

这样，50年代中国文学就出现了被称为"苏联化"的时期（参见贺桂梅《书写"中国气派"——当代文学与民族建构》，北京大学出版社2020年）。我在《相关性问题：当代文学与俄苏文学》《中国当代文学的"苏联化"与"去苏联化"》这两篇文章中，对这一文学史现象做了比较详细但也只是初步的描述。我说，"苏联化"是全面、整体的，包括文学理论、概念、制度、艺术形态、具体作家作品等各个方面，也包括文学之外的戏剧、音乐、舞蹈、绘画等各文艺门类。那个时候，中国文艺理论的体系、概念，如人民性、党性、典型、世界观和创作方法、倾向性、真实性、写本质、粉饰生活、干预生活、无冲突论、人类灵魂工程师……均从苏联输入。季摩菲耶夫的《文学原理》和毕达可夫的《文艺学引论》，一度成为中国高校文艺学教科书。我1956年到北大中文系读书，一年级上的文学理论课程，教科书采用的就是毕达可夫的《文艺学引论》。

当年，中国当代作家、理论家无论是赞成、捍卫，还是质疑、批评社会主义现实主义，许多都征引苏联政治家、作家的言论作为重要论据；1956—1957年"百花时代"的文学变革，也部分地从苏联"解冻"文学获取动力；"大跃进"期间，工厂史、公社史的写作，与高尔基编写工厂史的提倡有关。一些文艺形态、体裁概念，也从苏联传入，如50年代中期刘宾雁等的"特写"，便是直接来自奥维奇金《区里的日常生活》的"思考性特写"，马雅可夫斯基和伊萨科夫斯基也影响了当代诗歌的两种基本体式：政治抒情诗和所谓"生活抒情诗"。从文艺书籍的翻译、出版情况，也可以得知"苏联化"的热度。

40年代"二战"期间，苏联国家新闻社塔斯社资助创办了上海的时代出版社，以及《时代日报》《时代共产国际》周刊和《苏联文艺》杂志，法捷耶夫的《青年近卫军》（1945年初的版本，水夫译）、西蒙诺夫的《日日夜夜》（1944年，磊然译）都曾在《苏联文艺》杂志连载，随后由时代出版社出版单行本。我在50年代初读的普希金诗集，就是时代出版社戈宝权的译本。当时俄苏文学翻译家还有姜椿芳、陈冰夷、孙绳武、草婴、蒋路、包文棣等。进入50年代，俄苏文艺书籍的翻译出版更是大规模展开。据《文艺报》1957年第31期的不完全统计，1949到1957年上半年的七年中，中译的俄苏文学艺术书籍就达到2746种，发行9600余万册（包括初版和再版）。进口苏联的俄文版图书1800多万册，其中文艺书籍有440万册；发行的苏联影片468部，其中艺术片和长纪录片256部；从苏联进口的唱片135万多张，"最受欢迎"的是格林卡、里姆斯基–科萨科夫、柴可夫斯基、肖斯塔科维奇、哈恰图良。在50年代，不仅俄苏作家、诗人，像巡回画派的克拉姆斯科依、列宾、苏里科夫，以及希施金、列维坦、库因芝，对文学爱好者来说也不陌生。这个时期，到中国访问的演奏家、舞蹈家有芭蕾舞蹈家乌兰诺娃，钢琴家里赫特、吉列尔斯，小提琴家奥伊斯特拉赫，以及当时尚年轻的柯冈。

苏联的影响还表现在过去的评述有所忽略的两个方面。和中国"文革"文艺激进派排斥中外文学传统的方针——事实上也无法完全摆脱，京剧、芭蕾舞、管弦乐伴奏、钢琴协奏曲等形式均是来自本土传统或外来文艺——创建"真正无产阶级文艺"不同，苏联30年代社会主义现实主义理念的建构和实践过程，既纵向挪用本国文化传统（普希金被称为"俄罗斯文学之父"，托尔斯泰等的遗产被看作是社会主义文学的"前史"），也横向挪用西欧文化。因此，苏联文学艺术在当代中国的传播，必然直接或间接支持了中国当代对西方古典文学的翻译、出版。

另一点过去注意不够的是，向苏联看齐的"苏联化"，也为当代文学在50年代开启文艺体制"正规化"进程，从理念和制度上提供了动力和具体方案。苏联社会主义文化在30年代有一个"精英化"过程。这表现在大型的、权威性的戏剧、音乐团体和剧院的建设，也表现在对作家、艺术家的定位上。30年代斯大林的"大清洗"是事实，不少著名作家、艺术家受到迫害，被监禁以至处死。不过，那些遵循国家确立的政治、美学路线，并取得成就的作家、艺术家，在声望和物质待遇上都有着特殊地位。斯大林30年代称作家是"人类灵魂工程师"——这个说法也传入中国，却没有长久被认可——既包含了要求作家按照特定观念"规划"人的思想情感的政治意识形态性，也体现了对作家、艺术家精英社会角色的认定。50年代之后的"当代文学"在强调"书面文学"的主导地位上，在作家、艺术家和他们的创作的"专业"性质上，以及文艺体制的正规化上，很大程度上取法于苏联，包括"正规"的文艺体制的确立和相应的演艺设备的建设，作家、文艺家、导演骨干的培养。1949年和1951年，曾组织大规模的中国青年文工团（含音乐、舞蹈、曲艺、说唱、杂技等）分赴布达佩斯、柏林参加第二、三届世界青年与学生和平友谊联欢节，联欢节结束之后，青年文工团成员考察了苏联和东欧国家文艺体制建设经验，特别是剧场艺术经验。如1949年9月布达佩斯联欢节归国途中，青年文工团在莫斯科停留半月，先后参观考察了卢那察尔斯基戏剧学院、莫斯科大剧院附属舞蹈学校、柴可夫斯基音乐学院，并在莫斯科大剧院、小剧院和艺术剧院观看歌剧、芭蕾舞剧、话剧、交响乐、民族音乐、舞蹈的演出。1951年第三届"世青节"之后，部分团员又用一年多时间在欧洲和苏联交流学习，考察范围包括交响乐、歌剧，声乐、舞蹈、美术、电影等的艺术教育、演出、剧团制度和剧场设备等的经验。这些考察直接推动了1950年1月华北人民文工团改组为北京人民艺术剧院（这是现代中国首个场、院合一的机构），推动1952年在中国青年文工团基础上组建了中央歌舞团。50年代"苏联化"过程中，中国也聘请许多苏联文艺各领域专家来华指导，举办培训班。如文艺学的来自基辅大学的毕达可夫，如到北京人艺、中国戏剧学院和上海戏剧学院授课的列斯里、库里涅夫、古里也夫、费多谢耶娃、列普科夫斯卡娅等。

当代文学的这一"苏联化"热潮顶点是1957年纪念十月革命40周年，《文艺报》从1957年第30期到33期，用大量篇幅设置了"伟大的十月革命40周年纪念专刊"。除社论外，发表了中国、苏联和其他国家的几十位文艺家歌颂苏联文艺的"光荣道路"（《文艺报》社论题目）的文章，并在"感谢苏联文学对我的帮助"栏目下，刊登来自各行各业读者的读后感。

其实是并不完全相同的体系

但是到了50年代后期，特别是60年代初，国际形势和国际共运发生变化，中苏关系也开始恶化，文学方面开始了"去苏联化"过程。其实，在"苏联化"的时期，40年代延安所构建的文艺路线、制度、话语体系，与苏联体系就并不完全合拍。之间的裂痕要到中苏关系恶化之后才逐渐加剧。1958年，毛泽东指示要搜集民歌，提出"两结合"的创作方法，号召工人农民破除对文艺创作的神秘感，大胆进入文学创作和批评领域，组织诗人、作家下乡下厂参加劳动，深入生活——这些主张和举措，都意味着脱离苏联文艺恪守的精英、专业化的轨道。周扬1958年7月在河北省委宣传部召开的文艺理论工作会议上提出了"建立中国自己的马克思主义文艺理论"的主张，1958、1959年，他在北京大学的题为"马克思主义美学"和"文学与政治"的两次演讲，同一时间邵荃麟、林默涵在北大的讲课，都是这一计划的组成部分。在周扬那里，"中国自己的"这个说法有着两层意思。一层是周扬认为，毛泽东在延安文艺座谈会上的讲话和他的政治文化论述,为社会主义文艺指出方向,是纲领,但纲领不能取代系统的美学、文学理论的建设:"光靠方向不行",说在这个方面"要开辟道路"。另一层是强调"批判继承"中国文学理论遗产的重要性。他在河北文艺理论会议上说,"资产阶级知识分子所持有的那种崇拜外国的思想,是一百多年被帝国主义侵略和奴役所养成的一种奴隶心理","将来的世界史、世界文化、文学史,都要重新写,因为中国、印度、阿拉伯及其他许多东方国家在历史上的贡献没有在世界史上得到应有的地位,从来一切都是以欧洲为中心"(《建立中国自己的马克思主义美学》,《文艺报》1958年第十七期)。针对"欧洲中心"的"建立中国自己的马克思主义美学"的目标,事实上也隐含着对"苏联中心"的偏离;这从苏联一些理论家当时的反应也可以看出。据张光年提供的材料,"1958年冬,苏联文艺理论家留里科夫(著作中文译本有《古典作家的遗产和苏维埃文学》《车尔尼雪夫斯基》等——引者注)过北京时,曾经以威胁的口吻质问周:'听说你们要创造中国自己的马克思美学理论啊!很有意思,很有意思。'"(《张光年谈周扬》,收入洪子诚《材料与注释》)。为了贯彻周扬的这个想法,《文艺报》1962年4月召开了"批判地继承中国文艺理论遗产"座谈会,并先后在第五、第七期刊登宗白华、俞平伯、孟超、唐弢、王朝闻、王瑶、游国恩、朱光潜、陈翔鹤、郭绍虞、王季思等的笔谈文章。

文艺"世界中心"的想象和争夺

中苏两党、两国分裂报刊公开化出现在1963年,文学领域展开的是对"人性论""资产阶级人道主义"的批判。"去苏联化"最主要原因是当时国际、国内形势,也根源于前面说到的延安文艺传统与苏联文艺路线本来就存在裂痕,这里也牵涉到在国际共运内部的主导权,和对于文化、政治"世界中心"的想象和争夺。1941年,斯大林授意著名电影导演爱森斯坦拍摄《伊凡雷帝》(苏联阿拉木图电影制片厂1944年出品,当年获得斯大林文艺奖,东北电影制片厂1952年译制)。影片开头是刚17岁的伊凡在1547年的加冕典礼,爱森斯坦将16世纪僧侣菲洛费依的一段话挪用来,作为伊凡演讲的结束语。电影里的伊凡慷慨激昂宣告:

两个罗马已经沦陷,莫斯科是第三罗马,而且不会再有第四个!

这是借历史叙述来体现当年的莫斯科要成为世界政治、文化中心的欲望、国策。这部电影完成后,很快获得斯大林文艺奖,并准备拍摄第二部。但斯大林对第二部很不满意,因为爱森斯坦强调了伊凡的悲剧命运,突出了他实施残酷统治的内心矛盾和忏悔。1947年2月26日深夜,斯大林与日丹诺夫、莫洛托夫一起在克里姆林宫召见爱森斯坦和扮演伊凡雷帝的演员切尔卡索夫，提出批评和修改意见，并为伊凡雷帝的残暴辩护。因此，第二部迟至1958年才公演（参见张捷编《斯大林论文艺》，内部资料，中国红色文化研究会编印）。

从文艺方面说，1934年，第一次作家代表大会已经体现了"世界中心"这一意图，而相隔20年后的1954年苏联第二次作家代表大会似乎是为实现这一意图而举行的仪式。这次大会除苏联各加盟共和国作家、艺术家外，还邀请了几十个国家的代表团。中国代表团团长是周扬，其他著名作家、艺术家有罗伯逊（美国）、费歇尔（奥地利）、聂鲁达（智利）、林赛（英国）、亚马多（巴西）、阿拉贡（法国）、希克梅特（土耳其）等，这是莫斯科对它成为"世界文学"中心地位的展示，周扬在发言中坚定地肯定了这一点。不过，经历了"去苏联化"之后（20年后）的1974年，中国文艺激进派的权威发言者推翻了这一认定，宣告了"中心"的转移：帝国主义、社会帝国主义（当年对苏联的称谓——引者）的文艺如同它们的社会制度和思想体系一样，已经日薄西山，气息奄奄，人命危浅，朝不保夕，什么像样的作品也搞不出来了。看看我们的十年，比比地主资产阶级的几百年、几千年，真是"风景这边独好。"（初澜《京剧革命十年》，《红旗》杂志1974年第四期）

想象、道路分叉的核心点

公开批判苏联"现代修正主义文艺"的事件,是《文艺报》1963年第十一期发表张光年题为"现代修正主义的艺术标本——评格·丘赫莱依的影片及其言论"的文章。

丘赫莱依是50年代中期崛起的苏联新一代导演,他的几部影片——《第四十一》《晴朗的天空》《士兵之歌》当时在苏联和国外有很大反响;这一反响是政治的,也是艺术的。它们的基点是对个体的发现和人道主义的阐释视野。它们表达了这样的观念:艺术家更愿意遵循艺术个性的指引,寻找能有力驾驭的题材,以"个人"的角度来试图联结"历史",赋予一般的历史活动以"个人的色调"。对于丘赫莱依而言,他的艺术表达的焦点是通过人的心灵、情感的深处来与"时代"取得联系——这是对俄国文学托尔斯泰、契诃夫、帕斯捷尔纳克等的"传统"的连接。这一倾向,也体现在塔可夫斯基的电影《伊万的童年》、肖洛霍夫的小说《一个人的遭遇》、西蒙诺夫的小说《生者与死者》、罗斯托茨基的电影《这里的黎明静悄悄》中。在对正面战场和司令部决策的描述之外,开始写到战争开始阶段的失误、混乱,打开了对普通士兵、战争中普通人命运的观照,写到恐惧与无畏、个人幸福与战争悲剧之间的冲突……

丘赫莱依的电影和其他作家的具有类似倾向的文学,在张光年的批判文章中被指责为反对革命、反对正义战争，是"革命战争的忏悔录"，是在"反复宣传这样一种思想：无产阶级和革命人民被迫进行的革命战争是同人民群众的个人幸福不相容的，革命的集体利益是同个人利益不相容的"。这一评价，与苏联文艺界不同，也与西方一些电影评论者的看法不同。他们认为，这些作品告诉我们，诚实的普通人的行为也体现了重要的历史价值："**《士兵之歌》中的主人公这样的普通人，如果落在他们肩上的考验愈具有个人的、独特的性质，那么他们之间的互相关系的故事就愈具有政治意义。**"意大利一位批评家暗示，丘赫莱依可能是在衔接契诃夫的思考，《万尼亚舅舅》最后一幕中，索尼娅说："应该活下去！"

> ……这些话既包含了对于生活的充满忧伤的爱，又包含了对于毁坏生活的社会的充满痛苦的服从。丘赫莱依的几位主人公，似乎也在宣布："应该活下去！"在他们的话中可以感受到对于生活的更强烈的爱，但是这里没有服从，我们看到的是一种新的感情，新的道德品质：克服困难的决心——不仅为了使人可以更好地满足个人生活上的需求，而且为了使他的创造力和才能有可能贡献给他生活于其中的新社会。
>
> ——意大利《现代人》杂志主编安东尼奥·特兰巴托利，中

译见中国电影工作者协会编《〈晴朗的天空〉专集》，1964年内部出版

60年代初开启的"去苏联化"进程，对中国当代文学的现状和走向的重要影响是多方面的。一个是有助于文艺激进力量的崛起，并让当代文艺创作、批评原本已相当教条、僵化的倾向呈放大、更为扭曲的状况。同时，当代文学的精英化和文艺体制正规倾向受到质疑，批判"三名三高"，对名作家、名演员降薪，取消稿酬和版税，文章和作品采用集体署名等方式。另外，出现了"三结合"的写作方式，文艺机构从正规化、学院化向延安文艺模式的文工团性质转移。

当代文学的"苏联化"和"去苏联化"过程相当戏剧性，从情感和想象上说，它交错、重叠着梦想、憎恶、决绝、依恋等多种复杂，甚至对立的因素。这是一个文学自身无法调控的"极化"的行为。"极化"行为既影响深入、广泛，但也脆弱、表层化。"化"既难以改变某些特质，而去除也难以抹去已进入内部肌体的因素。"去苏联化"改变了50年代初那种对苏联文学依附、模仿的心态，有助于当代文学"主体性"的确立。但是从实际情况看似乎也并非完全如此。就在用猛烈火力燃烧"现代修正主义"的六七十年代，被燃烧的"修正主义"的异端（爱伦堡、茨维塔耶娃、叶夫图申科、丘赫莱依……）并没有成为灰烬，却在悄悄潜入，在貌似纯洁

的肌体中滋生繁殖——它们成为"文革"后期和80年代"新时期"文学变革的思想艺术资源的重要部分。如艾特玛托夫对张承志和王蒙写伊犁作品的影响，如徐怀中的小说《西线轶事》（1980）与瓦西里耶夫的小说《这里的黎明静悄悄》（1969）的关联，特别是70年代"白洋淀诗歌"和"朦胧诗"某些诗歌作品的"异国性"（参见柯雷、李宪瑜的相关论述）。而《小兵张嘎》《闪闪的红星》等影片显然是在逆向回应《伊凡的童年》的主题和语言……

第四讲

中篇小说的"发明"

长篇小说因为能够反映历史的"整体性"而被重视，但"当代"对长篇的形态学的研究不多。关注不多是遗憾，也可能是幸运。

"中篇小说"的概念

在现代的文学世界中,小说处于中心地位,它的兴盛在19世纪中后期。比起诗来,小说是通俗的文体,拥有更多的读者。在现当代文学各个时期,在讨论文学成就和存在问题的时候,都首先会关注小说,特别是长篇小说的创作情况。目前,在中国当代文学中,主要按照"体量",也参照人物、情节、结构等方面因素,小说通常区分为长篇、中篇和短篇三种——也有所谓"小小说"或"微小说"的体式,但不大流行。在现代文学时期,以及当代的50年代到70年代,"中篇小说"的概念其实并不流行，大多只提长篇和短篇。中篇小说在许多时候，是个暧昧不明的概念，国外的情况大体也是这样。艾布拉姆斯的《欧美文学术语词典》（朱金鹏、朱荔译，北京大学出版社1990年）中有"小说"和"短篇小说"的条目，虽然也谈到中篇小说，不过不是单独列出，而是放在"短篇小说"里。词典在介绍短篇小说这一文体在欧美的发展过程和它的范式之后指出，许多杰出的短篇小说偏离了它的范式，说"短篇小说"这一名称涵容大量的散文虚构作品，包括几百字的"小小说"，也包括一些"篇幅较长而且复杂的故事"；"这些故事的篇幅，介于紧凑的短篇小说和卷帙浩繁的小说之间，因此有时也称为中篇小说"。国外有的文学理论家则把"中篇小说"归入长篇的范围，说"有一种长篇小说的体裁是中篇小说"，"它们可以说是一种散文体的小型的长篇小说；它与真正意义上的长篇小说的不同在于小说的人物较少，情节比较简单"；举的例子如契诃夫的《我的一生》《姚内奇》（波斯彼洛夫《文学原理》，三联书店1985年）。总而言之，中篇小说被看作是一种边界性质有些含糊的体裁，似乎本身没有独立、确定的特质，或者是小型的长篇，或者是短篇的延伸。

当代50年代到70年代的情况也体现了这一理解。在谈到小说成就的时候，一般只提到长篇和短篇。茅盾1960年在中国作协理事会（扩大）会议上总结1956年以来的创作成绩，讲到小说也只提出长篇和短篇（参见茅盾《反映社会主义跃进的时代，推动社会主义时代的跃进！》，见《争取社会主义文学的更大繁荣》，作家出版社1960年）。五六十年代，茅盾多次抱怨有些短篇写得太长，但是也从未认为这或者就是中篇小说。70年代末，北京大学中文系编写《当代文学概观》（后改名《当代中国文学概观》《中国当代文学概观》），这部教材的体例按文体分述，小说部分有短篇小说和长篇小说两章，编写者当年也没有中篇的意识。主要是这段时间，这个概念很少使用，而类似中篇小说的作品也不多。这个时期被称为中篇小说的作品，如《铁木前传》（孙犁）、《在和平的日子里》（杜鹏程）、《来访者》（方纪）、《水滴石穿》（康濯）、《归家》（刘澍德）等，说它们是中篇小说，主要还是后来的指认。

可是到了"新时期"的80年代，这类小说大量涌现，中篇小说的概念随之得到落实，并成为极受重视的小说样式。这是"新时期"在小说体裁上的"发明"，在中国现当代文学的范围内，"中篇小说"从暧昧不明的存在，最后确定了它的稳固地位。在80年代，长篇小说创作量并不多，虽说也有《许茂和他的女儿们》（周克芹）、《芙蓉镇》（古华）、《活动变人形》（王蒙）、《沉重的翅膀》（张洁）等有影响的作品。长篇的繁荣要到90年代之后。比起当代的前30年来，短篇地位也大为下降，"短篇小说"虽然也是中国作协和主要刊物评奖的项目，但是，不会有"短篇小说作家"的说法。整个80年代，以至更长的时间，小说创作的主要成绩体现在被称为中篇的样式上。如《天云山传奇》（鲁彦周）、《晚霞消失的时候》（礼平）、《一个冬天的童话》（遇罗锦）、《人到中年》（谌容）、《在没有航标的河流上》（叶蔚林）、《犯人李铜钟的故事》（张一弓）、《布礼》《杂色》（王蒙）、《黑骏马》《北方的河》（张承志）、《伏羲伏羲》（刘恒）、《小鲍庄》《叔叔的故事》（王安忆）、《三生石》（宗璞）、《人生》（路遥）、《方舟》（张洁）、《那五》（邓友梅）、《美食家》（陆文夫）、《爸爸爸》（韩少功）、《棋王》（阿城）、《绿化树》（张贤亮）、《红高粱》（莫言）、《没有纽扣的红衬衫》（铁凝）、《你别无选择》（刘索拉）、《现实一种》（余华）、《黄泥街》（残雪）、《迷舟》（格非）、《信使之函》（孙甘露）……它们的主要特征是，字数在三万到十万，大多采用单线索扩展型的叙事形式。中篇小说的兴旺，催生了中国作协80年代也开始设立优秀中篇小说奖（1977－1980年由《文艺报》主办，1981－1982、1983－1984、1985－1986年三届由中国作协主办），催生了《中篇小说选刊》（1981，福州）刊物的出现，也引发中国文学出版界、文学编辑家纷纷"追认""授予"中外许多作品以"中篇小说"名目的热潮。

八九十年代以来，出版社相继出版了各种版本的外国中篇小说选，如《外国中篇小说选》《外国著名中篇小说选》《世界中篇名作选》《世界中篇名著精选》等。入选的作品被称为"中篇",大多是编选者按照当代中国这个时期的理解的认定。除了外国作品外,也出版多种中国现当代的中篇小说选本。著名的有由林贤治、肖建国主编的"中篇小说金库",由花城出版社陆续出版四辑,每辑12种。鲁迅的《阿Q正传》、柔石的《二月》、蒋光慈的《丽莎的哀怨》、萧红的《生死场》、郁达夫的《她是一个弱女子》、丁玲的《莎菲女士的日记》、茅盾的《林家铺子》、废名的《桥》、林徽因的《九十九度中》、沈从文的《边城》、巴金的《憩园》、沙汀的《在其香居茶馆里》、赵树理的《小二黑结婚》都作为中篇列入。当代部分有王蒙的《组织部新来的青年人》、路翎的《"洼地"上的战役》、汪曾祺的《大淖记事》、宗璞的《红豆》等——这些作品,有许多原本是被看作短篇小说的,有的是什么类型(中篇或短篇)从未有个说法;在此之前,作家和批评家并不认为需要赋予它们一个中篇或短篇的名目。

中篇小说大量涌现的原因,有作家、读者心理上的,也有"物质"方面的。"文革"结束后,思想情感的倾诉、表达有了一定自由度,出现一个倾诉的"爆发期";当代史的遭遇的积累,无数曲折、悲欢离合"故事"和情感讲述的迫切,成为一个时期的风尚。短篇有限篇幅和对结构剪裁的要求,无法承载这样的含量;而长篇需要较长时间酝酿和写作,无论从情感释放,还是从文学写作的双重时效的欲望看,"中篇"有助于释放"时不我待"的焦虑。与此互相配合、互为因果的是，大型的、可以容纳中长篇的杂志在70年代末到80年代初纷纷创刊，除了创刊于1957年的《收获》之外，出现了《钟山》（1978，南京）、《十月》（1978，北京）、《花城》（1979，广州）、《长城》（1979，石家庄）、《新苑》（1979，长春）、《春风》（1979，沈阳）、《当代》（1979，北京）、《清明》（1979，合肥）、《百花洲》（1979，南昌）、《长江》（1979，武汉）、《叠彩》（1979，桂林）、《江南》（1979，杭州）、《芙蓉》（1979，长沙）、《天山》（1980，乌鲁木齐）、《绿原》（1980，西安）、《小说界》（1981，上海）、《昆仑》（1982，西宁）等大型文学杂志。后来有的刊物停办，但也有新的出现，如《黄河》（1985，太原）、《大家》（1994，昆明）等。在80年代，影响力最大的大型杂志是《收获》《当代》《十月》和《花城》。它们曾被戏称为"四大名旦"。

短篇故事与短篇小说

80年代是中篇小说的年代，而50年代到70年代除了长篇之外，短篇则受到格外重视。卢卡契1964年在《评〈伊凡·杰尼索维奇的一天〉》中谈到短篇小说的特征，讨论小说和短篇小说之间的历史关系，以及它们在文学发展中的交替作用。他说，"短篇小说抑或是用大型史诗和戏剧的宏伟形式来反映真实的一种先行表现,抑或是在某个时期结束时的一种尾声,一个终点号";它"历史地成为宏大形式的先驱者或后卫"。卢卡契强调小说对社会生活和时代的整体性表现,他对于小说艺术形态的理解也从这个方面着眼。因此他说,资产阶级的生活方式在向胜利迈进,在各个领域开始破坏中世纪生活方式的时代,但这个时代尚未具备描写对象的整体性的时候,意大利薄伽丘等的短篇小说是现代小说的先驱;而法国莫泊桑的短篇则像是对巴尔扎克和司汤达曾经描写其诞生、福楼拜和左拉叙述其结束的那个世界的一个告别。卢卡契说,短篇"绝不声称要表现全部社会现实,也不表现一个根本性的、当前的问题的全部内容","不论是人以及人与人之间的关系的社会根源,或是人所活动的环境,短篇小说都可以不予置理"(《卢卡契文学论文集》第二卷,中国社会科学出版社1981年)。

当代文学"前三十年"之所以重视短篇,主要原因就是这种"先行性"和症候性,也就是能够敏锐、迅捷地反映新的生活萌芽状态,和事物整体性的某些征象。小说家魏金枝形象地描绘了这个特色,说短篇是"可以证明地层结构的悬崖峭壁,可以泄露春意的梅萼柳芽,可以暗示秋讯的最先飘落的梧桐一叶,可以说明太古生活的北京人的一颗臼齿……"(《大纽结和小纽结》)。这个说法包含两层意思,一层是局部和整体的关系,所谓"以小见大",另一层是敏锐的预示功能,"一叶知秋","风起青萍之末"。事实上,这个时期的短篇创作,受到推崇、表彰的也正是合乎这个特征的作品。如李准《不能走那条路》《李双双》、谷峪《新事新办》、马烽《结婚》(这篇小说在《人民日报》全文刊登)、王蒙的《组织部新来的青年人》、王汶石《新结识的伙伴》……"文革"后思想、文学变革也最先在诸如《伤痕》(卢新华)、《班主任》(刘心武)那里做了预示。

50—70年代对短篇的重视,体现在这样几个方面:

一、在分述文学创作的阶段性成绩和问题的时候,短篇小说也被单独列举。

二、出现了"短篇小说作家"的概念,此前和此后这个概念没有或不再流行。这个时期被称为"短篇小说作家"的有赵树理、李准、马烽、王汶石、峻青、王愿坚、茹志鹃、林斤澜、陆文夫等,尽管他们中也有人写过长篇。

三、组织过多次关于短篇艺术特征和创作问题的讨论,如50年代初和1957年在《文艺报》(刊于1957年第四、五、六、二十六、二十七、二十八期)上的讨论,其他文艺刊物和地方作协也组织过讨论会和举办短篇学习会。茅盾、端木蕻良、魏金枝、艾芜、沙汀、塞先艾、骆宾基、侯金镜、邵荃麟、巴人、周立波、孙犁、欧阳山、赵树理、李准、杜鹏程等都对短篇小说问题撰写过文章。1962年8月,中国作协还在大连专门组织长达半个月的农村题材短篇小说创作讨论会。

当代短篇的讨论问题涉及多个方面。从文体的角度看，争议最多的是如何界定短篇的特质和结构形态。茅盾认为应从典型意义的生活片段，即截取"横断面"来看待短篇的特征。这应该是承继胡适的观点。胡适在《论短篇小说》(《新青年》第四卷第五号，1918年5月15日)中说，"理想上完全的'短篇小说'"，"是用最经济的文学手段，描写事实中最精彩的一段，或一方面"；而最精彩的一段，就如截了大树树身的"横断面"，这个"横断面"可以代表人、社会的全部。胡适、茅盾的观点，主要来自西方现实主义小说的艺术经验。茅盾和另外一些作家、批评家在50年代试图以此来推动中国小说观念、技巧的"现代化"。他们的短篇概念的提出，隐含着扭转40年代以来延安文学在小说艺术上更偏重"民间传统"，重视通俗化和故事性的倾向。这里有"短篇故事"和"短篇小说"之间的关系，其实，"短篇故事"也是小说"现代化"路途可能发挥的另一流脉，正如日本学者竹内好称赵树理故事型的小说为"新颖的文学"那样。竹内好使用了"中世纪"的说法。孙楷第50年代初在《中国短篇白话小说的发展与艺术上的特点》(《文艺报》1951年第三期)中也指出，"明朝人用说白念诵形式用宣讲口气作的短篇小说，在'五四'新文学运动时代，已经被人摒弃，以为这种小说不足道，要向西洋人学习。现在的文艺理论，是尊重民族形式，是批判地接受文学遗产。因而对明末短篇小说的看法，也和'五四'时代不同，认为这也是民族形式，这也是可供批判地接受的遗产之一。这种看法是进步的。"

50—70年代短篇虽然受到重视，作品数量也不少，但好作品其实也不多，这和这个时期的文学状况基本是一致的。如果要列举这个时期较好的作品，可能是：《登记》（赵树理）、《山地回忆》（孙犁）、《洼地上的"战役"》（路翎）、《红豆》（宗璞）、《组织部新来的青年人》（王蒙）、《百合花》（茹志鹃）、《山那面人家》（周立波）、《陶渊明写〈挽歌〉》（陈翔鹤）……在50年代，批评创作的公式化、概念化顽疾时，短篇和戏剧作品常被举例。过分追求配合某一时期的政策、运动、风尚的这种观念化创作是造成这一情况的根源。

个人时间和历史时间："史诗性"问题

长篇小说因为能够反映历史的"整体性"而被重视，但当代对长篇的形态学的讨论不多。关注不多是遗憾，也可能是幸运。比较起来，长篇的成绩要比短篇好，一般来说，更大的容量总会给有个性的作家留下创造空间。重要的长篇主要出版在50年代中后期到60年代初，如赵树理的《三里湾》（1955），高云览的《小城春秋》（1956），曲波的《林海雪原》（1957），李六如的《六十年的变迁》（第一卷1957年，

第二卷1961年），梁斌的《红旗谱》（1957），周立波的《山乡巨变》（上篇1958年，下篇1960年），杨沫的《青春之歌》（1958），欧阳山的《三家巷》（1959），柳青的《创业史》（第一部，1960年），罗广斌、杨益言的《红岩》（1961），姚雪垠的《李自成》（第一卷，1963年），浩然的《艳阳天》（第一部，1964年）。长篇小说取材集中在两个方面，一个是历史，这里的历史指的主要是20世纪中国共产党领导的革命斗争史，因此出现"革命历史小说"的特定类型概念。另一是农村题材——并非现代意义上的"乡土小说"，主要围绕农村开展的农业合作化等运动，表现农村的"两条道路斗争"。按照当代反映社会全景的观念，工业题材也得到提倡，却没有什么像样的作品：不是说有农业部、工业部、教育部、国防部，就一定会有关于农业、工业、军事、学校的好作品的。

长篇作家的一个重要"情结"是对"史诗性"的追求。"史诗性"也可以对应卢卡契的"整体性"的说法，这在当代长篇小说作家那里是普遍的意识，当代最先提出这个命题的是冯雪峰，他评论初版于1954年的《保卫延安》（杜鹏程）时，称它"是够得上称为它所描写的这一次具有伟大历史意义的有名的英雄战争的一部史诗的。或者，从更高的要求说，从这部作品还可以加工的意义上说，也总可以说是这样的英雄史诗的一部初稿"。这个有点犹豫不决的长句中说的"史诗"，大致包含这样的意思：题材的重要性，也就是他说这一事件的"伟大历史意义";另一是英雄人物的塑造;还有是描述的具体战役与战争全局、人物的精神性格与事件的性质的关系。显然,冯雪峰的评价言过其实。《创业史》1960年第一卷面世好评如潮,赞扬的主要理由也大多基于"史诗性"的规模和质地。如"深刻而完整地反映了我国广大农民的历史命运和生活道路","真实地记录了我国广大农村在土地改革和消灭封建所有制之后的一场无比深刻、无比尖锐的社会主义革命运动"(冯牧);《创业史》四卷全部出版后,"能成为中国农村伟大的社会主义革命史的一块艺术丰碑,使这一代和后代的人民知道我们这个伟大的时代彻底消灭几千年遗留下来的私有制所经历的艰巨的历史过程,看到英雄的劳动人民在党的领导下如何艰巨地创造社会主义、共产主义的大业的历史道路"(姚文元)……这些仍然言过其实的评语,着重的也是历史概括、史诗性、远景、英雄典型创造这些关键词。

"史诗性"在作品名称上也可见一斑:红旗"谱",创业"史","一代"风流,"金光大道"等。也体现在篇幅、结构上的多卷本设计上。周而复写资本家改造的《上海的早晨》共四部(前两部出版于五六十年代,"文革"后出版第三、四部);欧阳山总题《一代风流》的长篇五卷:《三家巷》《苦斗》《柳暗花明》《圣地》《浩浩神州》;李劼人50年代重写的《大波》四部(第四部没有完成);李六如《六十年的变迁》三卷;

柳青的长篇《创业史》计划写四部，但第二部没有最后完成就离世；姚雪垠《李自成》五卷；《青春之歌》（杨沫）之后还有《芳菲之歌》《英华之歌》。这些多卷本的创作，大致是第一部（第一卷）最好或尚可，接着就走下坡路，水准难以为继。除了过度依靠自身生活经验，缺乏素养、艺术经验的原因外，也有历史观等的因素。在历史时间与个人时间的关系上，一位作家有这样的建议：

> 《伊利亚德》（现通译为《伊利亚特》——引者）的故事在特洛伊城被攻陷之前许久就完结了，故事结束于战争胜负未卜之际。著名的木马在此刻甚至还没有出现在尤利西斯的脑袋里。因为第一位伟大的史诗诗人就定下这么一条戒律：永远不要让个人命运的时间和历史事件的时间碰巧凑在一起。第一位伟大的史诗诗人以个人的命运作为他诗歌的戒律。
>
> ——米兰·昆德拉《黑名单或向安纳托尔·法朗士致敬的嬉游曲》，《相遇》，台北皇冠文化出版公司 2009 年

第五讲

"组织部"里的文学成规

> "光影"就是有光,也有影。有明暗,有裂痕,有不同叙事"成规"的矛盾和缠绕。所幸的是,正是这种"不纯",让它不至于掉入那个时代无数已被忘却的平庸之作的队列中。

一部小说两个篇名

这是许多读者熟悉的一个短篇,王蒙发表于1956年第九期《人民文学》的《组织部新来的青年人》。这个作品有点奇特,也可以说是有很强的生命力,从最初发表直到21世纪,几十年了仍被当代文学研究者谈论,有关它的争论和分析文字可以编成一本书——事实上这样的书已经存在:《一部小说和一个时代:〈组织部来了个年轻人〉》(温奉桥、张波涛编,中国海洋大学出版社2016年)。不过书名对这篇小说名字的使用值得讨论,更准确的说法应该是《一部小说和一个时代:〈组织部新来的青年人〉》。这个问题后面会谈到。

首先关注这个短篇出现的政治、文学背景。1956年,中共中央、毛泽东提出"百花齐放、百家争鸣"的方针,思想、文化、学术都出现活跃的景象:创作,主要体现在短篇小说、特写、诗歌上,文学理论也提出一些重要问题,如对"典型"的理解,"写真实""干预生活"命题的提出,对社会主义现实主义的质疑等。这段时间一些短篇和特写的新貌,或者体现在取材,或者体现在视角和表现方法。其中许多带有对社会生活、现实政治的批评性作品,当时被称为"干预现实""写真实"的作品,这类作品引起的争议最大。如刘宾雁的特写《在桥梁工地上》《本报内部消息》,李国文的《改选》,刘绍棠的《西苑草》,诗歌有流沙河的《草木篇》,邵燕祥的《贾桂香》,还有郭小川的几部叙事诗《白雪的赞歌》《深深的山谷》,尤其是未发表就受到批判的《一个和八个》,以及话剧《同甘共苦》(岳野)等。在这股潮流中,王蒙的这个短篇受到更多的注意。

受到关注的背景因素还有对这篇小说的修改,当时就成为有争议的事件。1956年主持《人民文学》编务的秦兆阳对这个作品很重视,做了悉心修改。他肯定没有想到弄巧成拙,引祸上身。1957年,中宣部的内部刊物《宣教动态》上,报道了这个短篇讨论、修改的情况。据郭小川1957年4月14日的日记:"荃麟告诉我,说毛主席看了《宣教动态》登的

《人民文学》怎样修改《组织部新来的青年人》，大为震怒，说这是'缺德'、'损阴功'……主席主张《人民文学》的这件事要公开批评……"（《郭小川全集》第九卷，广西师范大学出版社2000年）。"荃麟"就是邵荃麟，当时的中国作协副主席、作协书记处书记。因为毛泽东讲了话，作协党组、书记处不敢怠慢，4月30日和5月6日连续召开由茅盾主持的文学期刊编辑工作座谈会。会上秦兆阳受到批评，他作了检讨，说经过他的修改，林震和区委书记的形象受到损害，加重了作品的缺点，"这是一个重大的错误"。秦兆阳除了具体文字修改外，小说题目由《组织部来了个年轻人》改为《组织部新来的青年人》。它们的意思当然不同——其实秦兆阳的题目更切合作品的描述。座谈会上，王蒙表示不认可这一改动，80年代初他将小说编入作品集时，恢复了原稿的题目；许多文学史和作品选也都采用了王蒙所说的这个题目。

　　我之所以仍采用《组织部新来的青年人》，因为这里是讨论这个短篇的"历史遭遇"，也就是它1956年发表之后产生的影响、引起的争论——这些都是针对秦兆阳修改的本子，而不是王蒙在80年代初恢复的"原稿"。秦兆阳修改本发表之后，在阅读传播过程中，就和作者、修改者脱离关系而具有了独立性，不再受作者的"管辖"。所以有学者（伊格尔顿）说，作品诞生后就是"孤儿"。作家可以恢复原貌，也可以再修改，但那是不同的文本。虽然这几十年，讨论也间或牵涉到《组织部来了个年轻人》，但主要是针对1956年诞生的《组织部新来的青年人》。这一点，有学者已经做过分析（郭铁成《应尊重文学史的基本事实——关于〈组织部新来的青年人〉和〈组织部来了个年轻人〉》，《文艺争鸣》2005年第四期）。

背景因素之三。这个作品一发表，既得到热烈赞赏，也被严厉批评，评价呈现两极的状态。发表之后到1957年初，《文汇报》《北京日报》《人民日报》《光明日报》等报刊先后刊发评论文章。最重要的讨论集中在《文艺学习》1956年第十二期到1957年第三期上。讨论的具体设计和组织者是黄秋耘，由于这个时期他撰写了若干锋芒毕露、批评文学现状的短文，并组织这次讨论，在他的朋友邵荃麟的保护下才没有成为右派——邵荃麟发表批判文章《修正主义文艺思想一例——论〈苔花集〉及其作者的思想》（《文艺报》1958年第一期），是保护手段之一。黄秋耘做了检讨，写了《我的自我批判》，他被"留党察看"，而《文艺学习》这个不平庸的刊物1958年起被停刊（名义上是合并到《人民文学》）。关于王蒙小说的讨论，编辑部说收到稿件1300多篇，发表了李长之、李希凡、艾芜、刘宾雁、康濯、马寒冰、邵燕祥等撰写的讨论文章。

这个短篇的历史命运犹如坐过山车一般：开始既被誉为"写真实""凝视生活、探索生活、忠实地描写生活并且勇敢地干预生活"的可喜之作，又被看作虽"可喜""同时是有严重缺点的作品"。1957年反右运动中被作为"毒草"受到批判,性质的这一认定维持到"文革"期间。"新时期"开始,"毒草"变成了"重放的鲜花",它成了敏锐触及现实生活矛盾,体现"文学和作家的骄傲"的标志。

不同叙事成规的裂痕和较量

这篇小说的争议,固然涉及文本的内质,也有不限于小说自身的"外溢"因素。作品的内容、叙事方式,以及各个时期、持不同艺术观的批评家对它的解读,折射了20世纪50年代到80年代这个变化莫测时代的光影。"光影"就是有光,也有影;有明暗,有裂痕,有不同叙事"成规"的矛盾和缠绕。所幸的是,正是这种"不纯",让它不至于掉入那个时代无数已被忘却的平庸之作的队列中。可惜的是,王蒙80年代试图让它变得"纯净"一些,这似乎有点弄巧成拙。

2009年,我曾用辑录各个时期不同批评家观点的方式,写了《"组织部"里的当代文学问题——一个当代短篇的阅读》(《我的阅读史》第二版,北京大学出版社2017年),目的就是从叙事"成规"的角度,来观察作品与时代的关系。黄子平认为,从"五四""新文学"到当代的"人民文学"("社会主义文学"),是两种不同的"编码系统"的转换:"'五四'

所界定的文学社会功能、文学家的社会角色、文学的写作方式等等,势必接受新的历史语境……的重新编码。这一编码过程,改变了20世纪后半叶中国文学的写作方式和发展进程,也重塑了文学家、知识分子'人类灵魂工程师'们的灵魂。""编码系统"在艺术形态学上,也可以说就是"成规"或"惯例"。黄子平强调成规与时代历史变迁的关系,当然也与不同艺术种类有关,如写实小说与浪漫、通俗小说就各有不同,这是在不同样式发展过程中,作家与读者"协商"的结果。成规也会发生变化,变化原因与社会思想、政治状况、文学性质的理解、读者期待等密切相关。黄子平认为,丁玲写于40年代初的《在医院中》是一个"编码系统"转换不彻底、存在裂痕的作品。我们现在讨论的王蒙的这一篇也属于这一性质。(参见《革命·历史·小说》中关于病的隐喻的一章,牛津大学出版社1997年初版,2018年增订本)

从"五四"的"新文学"到当代的"人民文学",小说的写作成规有哪些重要变化?为什么说王蒙的这个小说是转换不够彻底?从各个时期不同批评家的评论中可以归纳这样几点:

第一,关于环境。在"当代文学"中,故事发生的地点不再无关紧要。《组织部》的故事发生在中国共产党中央所在地北京某区委组织部。有批评者认为,描写一个区委会里的官僚主义、干部思想衰退现象,"在离开中央较远的地区,或是离开其直接上级机关较远的地区,还有若干可能性,但在中共中央所在地……是难以理解的"（1957，马寒冰）；因而，小说是在表明这样的结论："在党中央所在地，党的生命核心的北京，党的工作各个环节上的所有领导干部，都是大大小小的官僚主义者……"（1957，李希凡）。不过，毛泽东在1957年初提倡"鸣放"、进行整风期间，并不认可这一论断，称这是"不能说服人的"："中央里面就出了坏人，像张国焘、李立三、王明"（1957年2月16日在中南海颐年堂与文艺界领导人的谈话）。在毛泽东看来，"一分为二"的两条路线斗争的开展，并不以"地方"和"中央"为界。不过，后来批评界在批判丁玲《在医院中》的时候，仍然坚持这一立场，认为"白天的阳光，照射在那些冰冻了的牛马粪上，蒸发出一股难闻的气味，几个无力的苍蝇在那里打旋"的描写，是对"革命圣地"延安的丑化、歪曲（1957，王燎荧）。《文艺报》主编张光年还用亲身经历提供反证，说"我……1939年春在延安医院"，看到的是"雪白的、宽敞的窑洞，阳光从宽大的窗户透射过来。舒适的病床和洁净的被单"，护士们"都有一颗明朗的、朴实的心"。

人物的社会等级和文本的结构等级

第二，人物等级。这里包含两层意思，一是作品写到的人物在社会中的地位，另一是人物在作品结构中的地位，后面一层通常使用的概念是主人公、中心人物、次要人物，犹如戏剧、电影中的主角、配角。人物在作品中和社会生活中的地位可能一致，但也可能不同。在欧洲古典主义戏剧中，主要人物大多是王公贵族，人物社会地位与在作品中的等级相对称。18、19世纪的现实主义小说打破这一成规，社会生活中的底层、卑微者，或有道德瑕疵者，以至"反面"人物，也可以是作品的主角。"五四"新文学也是这样。当代的"人民文艺"秉持的文学理念认为，创造历史、代表历史发展方向的是工农大众，特别是他们中的先进、英雄人物，他们理应成为作品中的主人公。所以，1949年8月到11月，上海《文汇报》曾开展关于"可不可以写小资产阶级人物"的讨论。何其芳等的结论是，在强调应该以写工农为主的情况下，并不绝对否定小资产阶级、知识分子担任主角，但他们的位置需要转换，需要学习工农兵，克服、改造"脱离实际"的和不健康的思想情感。这个转变、被教育的过程，在叙事成规的人物配置上，就需要安排一个"引导者"，让被引导、被治疗者认识到自己的问题。丁玲《在医院中》安排的是一个老革命，王蒙这篇小说可以成为引导者的是区委书记。可是，王蒙小说中的林震并没有被明确安放在要疗治、被教育的位置上，而引导者的形象和作用也模糊不清。秦兆阳的修改也加重了这种模糊不清，如删去区委书记曾找过林震三次、赵慧文说区委书记是"可尊敬的同志"等这样的文字。对这个问题，卢卡契曾有过讨论。他认为，从作品结构的立场上，作家都为人物设定一定的等级，不过，作品中的"中心人物"，是从"典型性"程度的意义上来确立的，他使用的是"最自觉的人物""最清楚的智慧风貌"的说法；因而，"中心人物"不必一定有正确的观点；作品中人物的等级，"并不依从于抽象的智力的标准，而只是由于所讨论的作品的所写的极其复杂的问题而决定，并不是与我们有关的真与伪的抽象对比"（《论艺术形象的智慧风貌》，《卢卡契文学论文选（一）》，中国社会科学出版社1981年）。

消除不安与制造困惑

第三，结构。在"当代文学"的美学规划中，叙事构思、写作是"回溯性"的。"生活道路的错综复杂只有在结局中才能弄清楚。只有人的实践才能指明，哪些特征是重要的、起决定作用的"；什么样的事物、安排等从根本上影响他们的命运，"只有从结局中才看得出来"；"叙事诗人从结局开始，倒叙一个人的命运或者各种人的命运的纠葛，使读者一清二楚地认识到生活本身所完成的对本质事物的选择"（1936，卢卡契）。社会主义现实主义的写作，或当代的"人民文学"，是提供答案、出路，消除读者不安的写作，是拒绝"开放性结构"，拒绝忧郁、惶惑等"颓废"风格的写作，而不是留下甚至加剧读者的困惑和不安。留下困惑和拒绝做出明确答案的"开放性"结构，不能成为"当代文学"的成规。《组织部》没有做到这一点。一方面，林震等所进行的斗争是否有成效；另一方面，林震思想感情的"疾病"是否被治愈，都无从得知。指明出路、前景的问题，在马克思主义文学理论中，较早提出这个问题的是俄国的普列汉诺夫。他在写于20世纪初的《亨利克·易卜生》中认为，对马克思主义美学家来说，指明道路是重要的；易卜生虽然"能够引导读者走出市侩的埃及，但是他不知道哪里是极乐的土地，他甚至于这样想：并不需要任何允约的土地，因为所有的问题在于人的内心的解放。这一位摩西注定了在抽象的荒野里做没有出路的流浪，这对于他是巨大的不幸。"普列汉诺夫说，易卜生这一状况的原因是"挪威的社会生活的不发展，丑陋的小资产阶级的现实显示给他应当避免什么，但是不能够显示应当往哪里走"（《论西欧文学》，吕荧译，人民文学出版社1957年）。《组织部》的作者应该是试图指明出路的，他也不想只描绘困难。不过他显然也无法确定这一点。这种困惑，借助秦兆阳的修改，特别是对结尾的修改而凸显，这也是评论中的焦点问题。原稿的结尾是这样的：

……林震靠着组织部门前的大柱子,呆立着,他兴奋,心里好像空空的。初夏的南风吹拂着他——他衣袋里装着《拖拉机站站长和总农艺师》。到来的时候是残冬,现在已经是初夏了,他在区委会度过了第一个春天。

他做好的事情虽然少,简直就是没有,但是他学了很多,多懂了很多事;他懂了生活的真正的美好和真正的分量,他懂了斗争的困难和斗争的价值。他渐渐明白在这平凡而又伟大的、包罗万象的、充满严峻冲突的区委会,单凭个人的勇气是不会发生多大的效果。从明天……

办公室的小刘走过,叫他:"林震?你上哪儿去了?快去找周润祥同志,他刚才找了你三次。"

区委书记找林震了吗?那么,不是从明天,而是从现在,他要尽一切力量去争取领导的指引,这正是目前最重要的。他还不知道区委书记是赞成他,斥责他,还是例行公事地找他"征求征求"意见完事;但是他相信,他的,赵慧文的,许多年青的共产党员的稚气的苦恼和忠诚的努力,总会最后得到领导英明和强力的了解、帮助和支持,那时我们的区委会就会成为真正应该成为的那个样子。

隔着窗子,他看见绿色的台灯和夜间办公的区委书记的高大侧影,他坚决地、迫不及待地敲响领导同志办公室的门。

经过秦兆阳修改后的结尾是这样的:

……林震靠着组织部门前的大柱子好久好久地呆立着,望着夜的天空。初夏的南风吹拂着他——他来时是残冬,现在已经是初夏了。他在区委会度过了第一个春天。

一阵莫名其妙的情绪涌上了他的心头,仿佛是失掉了什么宝贵的东西,仿佛是由于想起了自己几个月来工作得太少而进步也太慢……不,他仿佛是第一次尝到了爱情的痛苦的滋味。

在这以前,他并没有想到自己会对赵慧文发生什么特别的感情,他不过是把她当作一个朋友,一位大姐;不过是偶然想起她对他的友谊时,心里有一股温暖的、然而又有些难过的和惭愧的味儿。他一直并没有好好地去想一想为什么会有这样的心情。但正因为有这样的心情,再加上刘世吾的点破,他才更加不安,好像是担心会有什么不幸的事情要发生,因此他才有了刚才那样一段坦率的表白。却没有想到,当赵慧文也作了同样坦率的表白以后,当她仍然把他当作亲密的朋友,当她说出人与人之间需要热情,当她宣布了自己今后力求进步的计划以后,她的一举一动,她的心灵,反而显得更加可爱了,一股真正的爱情的滋味从他的内心深处涌出来了……不,她是有丈夫的人,不会爱他,他也不应该爱她。……人,是多么复杂啊!一切一切事情,绝不会像刘世吾所说的:"就那么回事。"不,绝不是就那么回事。正因为不是就那么回事,所以人应该用正直的感情严肃认真地去对待一切。正因为这样,所以看见了不合理的事情,不能容忍的事情,就不要容忍,就要一次两次三次地斗争到底,一直到事情改变为止。所以决不要灰心丧气……至于爱情呢,既是……那就咬咬牙,把这热情悄悄地压在自己心里吧!

"我要更积极,更热情,但是一定要更坚强……"最后,林震低声对自己说了两句,挺起胸脯来深深地吸了一口夜的凉气。

隔着窗子,他看见绿色的台灯和夜间办公的区委书记的高大侧影,他坚决地、迫不及待地敲响领导同志办公室的门。

修改是放大了作品已存在、却想掩盖的裂隙。困惑是原有的,并非修改的强加。对于林震来说,"那失败变成勉强成功是作家的固执……现实与主人公的和解不是自然而成的，是作家强迫达到的。因此，主人公在宿命般的寻找中，他的冒险只不过一次次地成为寻找现实依靠力量的过程，从虚幻'镜像'娜斯嘉，到与他志趣相投的赵慧文，再到区委领导赵润祥，而主人公灵魂的冒险，体现他内心精神历程提升与开阔的可能性被堵塞了"（20世纪90年代一位在北大读博的韩国学生朴贞姬的作业）。

其实，作品能够消除读者困惑，令读者安慰，缓解焦虑，布置一个大团圆结局，有情人终成眷属，这很好。承认写作者不是上帝，无法通晓一切事物发生的原因和预知结局，将问题留给自己和读者，这也不能一概说就是错的。

个人隐秘情感诱惑：革命作家也难以挣脱

第四，公/私领域。王蒙说："我原来是想写作两个人交往过程中的感情的轻微的困惑与迅速的自制，经编者加上赵慧文的'同情和鼓励的眼睛'、'白白的好看的手指'、'映红了的脸'和结尾时的大段描写，就'明确'成为悲剧的爱情了。"《组织部》受到的批评，还有"不健康"情调，具体说就是林震和已婚的赵慧文之间的暧昧关系。《在医院中》也有一个异性的同道者，不过因为不是已婚，这方面没有受到追究。斗争的孤独者与他的知音之间暧昧、隐晦的情感交流和温暖的"精神支援":这里有隐秘的泪迹、春夜的清香之气,有"说不出来的难过和温暖的感觉",有"使人激动也使人困扰的""情绪的波流",有《意大利随想曲》的"梦幻的优美的旋律",有似乎无法割舍,但又不能不割舍的伤感,有关于"并肩战斗"的相约,以及主人公"观看"所发现的女性的"身体语言"——"柔软的手","抓住一个枕头,放在腿上","一个一个地捏着自己那白白的好看的手指","用手指弹着自己的腿,好像在弹一架钢琴","露出湿润的牙齿","暗红色的旗袍","被红衣裳映红了的美丽的脸儿"……在"当代"的"生活伦理"和"叙事伦理"中,工作、斗争和私人日常生活越来越被处理为具有对立的含义,也越来越存在着将"私领域"组织进"公领域"的强大规范要求。《组织部》其实也还是体现了这一倾向。不过,能够"寄存"个体隐秘情感、想象的"边缘性处所",总是为"没有改造好"的作家和他们笔下"没有改造好"的人物所钟爱,成为孤独无援时刻得以支撑的感情空间。

我在上面列举了这篇小说艺术成规上转变不彻底的几种表现,它们也是引起争论的艺术问题。不过还应该补充另一种看法,这就是修改者秦兆阳和另外一些作家、理论家的观点。他们质疑是否存在或需要这样的对立的"编码系统",即使存在不同,是否需要将不同上升到"路线"的高度?秦兆阳在他与王蒙这篇小说同一时间、同一刊物发表的论文《现实主义——广阔的道路》中,有一段核心的话:"对于今天资本主义世界里某些现实主义作家的作品,以及中国'五四'以后的某些作品,人们很难说明它们是哪一类现实主义作品,因此,想从现实主义文学的内容特点上将新旧两个时代的文学划分出一条绝对的不同的界线来,是有困难的。"(《人民文学》1956年第九期)

第六讲

"人民大作家"或"乡村治理者"

越是深入参与到社会实践中去,作家的感受、经验与写作之间的关系也就越发复杂。他们的观察、感受,与政治上对写作的要求之间的冲突会更为突出,有些时候甚至遇到更大的危机。

晋、陕的两个作家群

当代小说中，革命历史和农村生活是两大重要题材。谈到农村小说，自然就离不开柳青和赵树理，还有周立波。赵和柳常被放在一起谈论，这是有道理的。他们是"十七年"写农村生活有成就的作家，这个时期农村小说主要成果是在北方。"在"既指作家生活地域，也指作品取材；"北方"主要是西北和华北的晋、冀、陕、鲁、豫。集中在这个地域的主要原因，是当代农村题材写作延续的不是现代的"乡土文学"（王鲁彦、蹇先艾、彭家煌、沈从文等）的艺术经验，而是

40年代根据地、解放区以阶级斗争和政治运动为视角处理农村生活的这一传统。赵树理、柳青等作家具有这种连续性。这两位作家在当代不仅作为个体存在，还各自联结着"作家群"，形成有差异性的、有一定影响力的理念和文学实践方式。山西除赵树理外，有马烽、西戎、束为、孙谦、胡正等。马烽、西戎40年代著有章回体长篇《吕梁英雄传》，50年代之后他们和束为主要写短篇，孙谦更多时间从事电影编剧。陕西作家题材、样式有点分散。王汶石是短篇小说作家，和柳青一样写农村生活，像《风雪之夜》《新结识的伙伴》等，在当时都有影响。杜鹏程以长篇《保卫延安》知名，50年代中期之后关注工业建设，著有《在和平的日子里》，魏钢焰、李若冰的写作体裁主要是报告文学和散文。陕西还有批评家胡采。

这两个与解放区文学有直接渊源关系的"作家群"，它们在文学理念上有共同性：都强调文学为政治服务，认为作家写作与革命事业承担两者的同质性，也强调与农民群众建立长久密切关系的重要责任。但是它们之间也有明显差异，包括生活理念和历史观，也包括艺术方法。粗略地说，赵树理他们更重视生活的"本来样态"，风格趋于质朴，艺术方法也更多接受"本土"的、民间的资源，如明清白话小说、说书、地方戏曲。柳青他们则表现了浓烈的理想主义和浪漫激情，怀抱以理想激情来规划生活的那种社会主义现实主义抱负。把他们放在一起比较,有助于了解在"人民文艺"框架内也存在某些不同的选择;换句话说,了解"人民文艺"内部的有限的多样性。

下面从三个方面来看它们之间的异同:对农民和中国农村变革的看法、艺术方法的取向、当代文学史上的地位。

乡土社会的内部秩序?

第一,对农民和中国农村变革的看法。所谓"看法",既指作品所呈现的,也指他们直接的观点表达。这两者在一些作家那里或许不同,但赵树理和柳青基本是一致的。他们都是中国农村现代变革的积极支持者,包括农村社会结构、政治体制、集体化的组织方式,也包括农民思想意识提升、习俗的改造。不过他们也有并非不重要的不同。有学者比较了《三里湾》和《创业史》这两部长篇对农村社会变迁的不同理解,认为《创业史》在新农村、合作化运动与传统乡村社会之间的关系上更强调断裂:"在私有制条件下,农民自己的创业史实际上乃是一部'劳苦史、饥饿史和耻辱史'","它将梁生宝的社会主义创业史与现代时间观联系在一起",表达了"在传统的乡土社会秩序死亡的地方,一种全新的,前所未有的历史开始了"的认识。也就是有点推倒重来的方案。

《三里湾》不同，它是"从乡土社会的生活秩序内部来理解和叙述农业合作化运动"，"在赵树理看来，投身农业合作化运动，告别私有制，走社会主义道路乃是从乡土社会内部生成的一种愿望，同时乡土社会自身也有能力来完成这一任务。"（段从学《〈三里湾〉与〈创业史〉之比较》，《晋东南师范专科学校学报》第十八卷第四期，2001年12月）

对赵树理和柳青理念不同的这一描述是有道理的。不过，"乡土社会"内部自身是否能产生合作化、告别私有制这一任务，这还可以讨论。其实，赵树理还是充分肯定、重视新的政权和政治力量在农村变革上的重要甚至关键作用的。但确实，赵树理不认为农村的社会变迁应该与传统乡村社会断裂，不认为这是全新的时间的开始。毫无疑问，旧的、落后的、违反人性的制度、观念、习俗需要改变，促使其消亡，正如他在《小二黑结婚》《李家庄的变迁》《传家宝》《登记》里写到的那样；但赵树理认为，乡土社会有生命力的制度、观念、习俗，可以也应该融入这一变革。可以这样说，赵树理要说的是，新的政权和政治力量领导、推动的变革，要建立在"传统乡村秩序"（包括制度、伦理人情、习俗）的合理的、值得延伸的那些部分的基础上；新政权不是要从外部灌输什么理念，而是发现、辨认传统社会中的积极因素。

因此，农村合作化的过程中出现的矛盾、冲突，在赵树理的笔下就不会是"摆开阵势打起仗来"，不会是你死我活的两条道路斗争；这是《三里湾》出版后，一些批评家或褒或贬对作品这一特征的指认。翻译家傅雷就这样说，《三里湾》"大大小小、琐琐碎碎的情节，既不显得有心为题材做说明，也不以卖弄技巧为能事"（《评〈三里湾〉》，《文艺月报》1956年第七期）。另一位批评家也说，赵树理60年代的《张来兴》《互作鉴定》，对劳动神圣的赞美，并非诗化、浪漫化，"而是反复书写其平淡无奇甚至单调的特征"（张颐武《从现代性到后现代性》，广西教育出版社1997年）。在当代的语境里，批评家对这些特征的描述，都避免做出明确的褒贬的判断。也许傅雷的话包含某种赞赏，但也讲得很隐秘含蓄。

对赵树理创作的批评，还认为他写的农村先进人物不够高大，新的精神面貌表现不够。不过他不以为然。60年代初根据真人真事创作的《实干家潘永福》（《人民文学》1961年第四期），是对这一批评的回应。潘永福是农村基层干部，作品强调他"实干"的精神和行事风格：说在有关群众生产、生活问题上，"没有一个关节不是从'实'利出发的，而且凡与'实'利略有抵触，绝不会被他忽略过去"。作品特别交代这种思想品格的来源：

> 他是个贫农出身，年轻时候常打短工，体力过人，不避艰险，村里人遇上了别人拿不下来的活儿，往往离不了他。抗日战争开始以后，他参加了革命工作……从

他1941年入党算起，算到现在已经是20年了。在这20年中，他的工作、生活风度，始终是在他打短工时代那实干的精神基础上发展着的。

柳青的思路和关注点与赵树理不同。60年代严家炎发表了几篇讨论《创业史》的文章，引发了当代文学史上有名的关于《创业史》的争论。严家炎高度评价这部小说的思想艺术，在人物塑造上，认为梁三老汉很成功，梁生宝虽然艺术在"水平线以上"，但作为一个整体有其缺点和破绽。他提出梁生宝形象塑造的"三多三不足"：写理念活动多，性格刻画不足；外围烘托多，放在冲突中表现不足；抒情议论多，客观描绘不足。也就是形象理念化，不够丰满（《关于梁生宝形象》，《文学评论》1963年第三期）。柳青对这个批评很生气，尖锐回应道："这不是因为文章主要是批评我，而是因为文章……提出了一些重大的原则问题。我如果对这些重大的问题也保持沉默，那就是对革命文学事业不严肃的表现"，因为，贬低梁生宝这一英雄人物创造上的成就，或将《创业史》的成就转移到梁三老汉等在"旧现实主义"作品中并不罕见的这类人物身上，是整体性贬低《创业史》的思想艺术高度，也模糊了社会主义现实主义原则的边界。柳青反驳对于梁生宝描写理念化、不真实的批评，说"'只要对农村情况稍有了解的人'，或者只要对列宁和毛泽东同志关于农民问题

的著作稍有了解的人,'都会知道'农村党员和积极分子的社会主义革命思想都是党教育的结果,而不是自发地由批评者所谓的'萌芽'生长起来的"(柳青《提出几个问题来讨论》,《延河》1963年第八期。引文中的黑体字为原有)。这一"教育""灌输"论,与赵树理认为潘永福的思想、行为风格"始终是在他打短工时代那实干的精神基础上发展着的"形成鲜明对照。在1962年8月大连的短篇小说座谈会上,针对茅盾、邵荃麟、侯金镜、康濯、李准等高度评价赵树理的现实主义精神和朴实风格,出席座谈会的陕西批评家胡采表达了与柳青一致的观点。他说:"(有的作家)脑子里太多的是生活里原来的东西,消极的东西,而没有跳出来。一定要跳出来,改造,选择。因此我觉得(有的作品)把生活看得太实了,浪漫主义少了些。《实干家潘永福》是很朴素的,但老赵我还是觉得太实了些,甚至《套不住的手》,五百年前农民也是如此。今天的劳动人民有什么新的精神面貌,揭示得不够。……看问题,也不应是从自己亲身感受的角度看,应看到宽广些,这些,对生活的评价就全面些。"

质朴叙述与浪漫描写

第二,艺术方法、风格上的差异。可以举他们两部重要作品的开头做对比。《创业史》(中国青年出版社1960年)第一章开头写下堡乡早晨的情景：

> 繁星一批接着一批，从浮着云片的蓝天上消失了，独独留下农历正月底残余的下弦月。……东方首先发出了鱼肚白。接着，霞光辉映着朵朵的云片，辉映着终南山还没有消雪的奇形怪状的巅峰。现在，已经可以看清楚在刚除过草的麦苗上，在稻地里复种的青稞绿叶上，在河边、路旁和渠岸刚刚发着嫩芽尖的春草上，露珠摇摇欲坠地闪着光了。
>
> 梁三老汉是下堡乡少数几个享受着晨光的老人之一。

这是写梁三老汉的勤劳，天不亮就赶早起来捡拾通往县城公路上的牲口粪。再看看赵树理《三里湾》的开头一段：

> 就在这年九月一号的晚上，刚刚吃过晚饭，支部书记王金生的妹妹王玉梅便到旗杆院西房的小学教室来上课，她是个模范青年团员，在扫盲学习中也是积极分子。她来得最早，房子里还没有一个人，黑咕隆咚连个灯也没有点。可是她每天都是第一个先到的，所以对这房子里的情况便很熟悉……

赵树理大概不大留意，也不大关心有没有月亮、星星，是上弦月还是下弦月，有没有微风，更不会留意春草嫩芽的露珠。也不会使用"霞光辉映""摇摇欲坠""享受晨光"这样的词语。他是传统的讲故事的叙述方法。村里支部书记王玉生是县特等劳模，是作家心仪的人物，但写他的外貌也仅是"模样儿长得很漂亮"，"村里的年轻的姑娘们，差不多都愿意得到玉生这样的一个丈夫"。柳青、王汶石就浪漫得多。王汶石笔下的先进人物，如果是小伙子，便是"浓密的眉毛，天真而明亮的大眼，端正的鼻梁，健壮的躯体"（《春夜》中的王北顺）；或者"蓄一头漂亮的头发，皮肤浅黑，眼睛豁亮……朝霞照耀着他那黑黑的英俊的脸庞，沉静的笑容"（《夏夜》中的王树红）。姑娘则是"鲜艳娟秀的鸽蛋形脸上，带着快乐的微笑……机灵的眼睛里，洋溢着聪明的淘气的光波"（《春夜》中的云英），或者"秀气、丰满……论风度，活像一株花朵盛开的玉兰"（《米燕霞》中的米燕霞）。即使是老年也老得好看：两鬓霜白的老妈妈，"像万花丛中一棵古老的桦树，又像翠鸟群里一只慈祥的白鹤"，"脸上那密密的深刻的纹路，很对称很柔和，一点也不紊乱……"我们读过，可能会感叹浪漫过分而几近俗套，但有时候也会觉得赵树理太过实在而有点笨拙。

艺术方法上的不同，根源于不同的艺术理念和个性，也与他们在艺术上的传承关系有关。柳青和赵树理都是现代作家，从"五四"新文学已有的成果那里得到营养，但柳青更亲近19世纪西欧、俄国的现实主义小说传统，他自己就很崇拜《静静的顿河》的作者肖洛霍夫。他的作品当然有鲜明的地方色彩、风格，但整体上继承了这一艺术脉络。赵树理则更多接受民间和中国明清白话小说的写法，也就是如孙楷第说的，化身为艺人向大众讲故事。柳青的基本展开方式是描写，而赵树理是叙述。这也是日本学者竹内好在《新颖的赵树理文学》中说的，赵树理"有意识地试图从现代文学中超脱出来。这种方法就是以回到中世纪文学作为媒介。就作者与读者的关系而言，中世纪文学是处于未分化的状态。由于这种未分化的状态是有意识地造成的，所以，他就能以此为媒介，成功地超越了现代文学"（原载日本《文学》第二十一卷第九期，岩波书店1953年。这篇文章迟至80年代初才有晓浩译、严绍璗校定的中译本，收入黄修己编的《赵树理研究资料》，北岳文艺出版社1985年）。竹内好的论述自然不限于艺术方法，但也提示了这一特点。

不同的身份意识

第三，身份意识。赵树理和柳青都是现代作家。不过，他们和现代职业作家有不同的地方。作家职业化是现代社会专业分工出现的现象。卢卡契在《叙述与描写》中区分了"危机中的资产阶级社会"的两类作家,他们在生活实践和创作实践关系上呈现不同的处理方式。歌德、司汤达、托尔斯泰是"文艺复兴时期和启蒙时期的古老作家、艺术家和学者的后继者:那些古人都积极地、多方面地参与了当时伟大的社会斗争,……他们还不是资本主义分工意义上的'专家'";巴尔扎克是"新生的法国资本主义的狂热投机事业的参加者和牺牲品","歌德和司汤达还参加过行政管理,托尔斯泰作为大地主,作为社会机关(户口调查局、赈灾委员会)的活跃分子,经历了最重要的历史事件"。而另一类作家,如福楼拜、左拉则不同。由于他们对当时的政治、社会制度的憎恨、厌恶和轻蔑,不愿成为辩护者而选择了孤立的道路,"他们变成了资本主义社会的批判的观察者","他们同时也就成为职业作家、资本主义分工意义上的作家"(《描写与叙述》,《卢卡契文学论文集》第一卷,中国社会科学出版社1980年)。

20世纪,重视文学与社会实践关系的左翼文学家,在身份、存在方式上都不同程度地表现了对职业作家的那种专业分工的偏离(或"超越")。40年代的根据地和解放区,文人、作家和实际的社会工作者之间的界限就不清晰,强调的是"革命者"与"文艺工作者"身份的同一。在当代,这一观念虽说也得到延续,但现代分工意义上的职业作家仍是文学界的主导构成。资格认定意义上的"专业作家"与"业余作家"概念的产生,带有垄断性质的"作家协会"的行会式机构的成立,作家的经济收入、生活来源和社会地位等,都显示了职业性的特征。在这样的背景下,柳青和赵树理的处理方式就有他们的独特性。一个被经常谈论的话题是,他们不是以"体验"的方式去接近所要表现的"生活",而是在事实上参与到农村的生产劳动、治理和经营等实际事务中去。他们都在地方政府机构担任领导职务(虽说是属于没有主要权、责的"挂职"性质),柳青还在1953年举家落户皇甫村。他们自然仍是职业作家,但是也试图超越这一身份。

  可是,在当代这也导致另外的问题产生:越是深入参与到社会实践中去,作家的感受、经验与写作之间的关系也就越发复杂。他们的观察、感受,与政治上对写作的要求之间的冲突会更为突出,有些时候甚至遇到更大的危机。赵树理说,他50年代头几年在农村工作比较顺利,1957年,特别是公社化之后,就为农村制度和政策对农业生产造成的破坏而忧虑,感到"彻底无能为力","不但写不成小说,也找不到一点对国计民生有补的事情"。他选择放弃文学写作,多次写信、写文章向高层领导反映农村存在的问题。如1956年给山西长治地委的信,1959年给邵荃麟的信,还有给《红旗》杂志写的文章《公社应该如何领导农业生产之我见》。在信和文章中,赵树理详细谈到他对农村生产资料所有制、生产任务确定权、产品交换、分配方式、社员生活消费、农民思想状况等问题的看法——这些都和"文学"没有直接关系。他这样做的后果，是1959年"反右倾"运动中，在中国作协内部受到批判。（参见陈徒手《人有病，天知否：1949年后中国文坛纪实》，人民文学出版社2000年）

柳青1952年就在长安县挂职，参与当地农村发展规划、建立合作社的工作。1957到日本访问时还带回稻种，甚至写过《耕畜饲养管理三字经》。他对农业合作化运动也有过不同的看法。从80年代以后发表的材料（学术论文、回忆文章和传记）中透露了这一情况。和赵树理一样，柳青自1956年高级社开始，对农村政策、开展的运动就有怀疑、不满，认为农村社会主义改造存在"冒进"的错误，说"高级社风一吹是经济走下坡路的起点"，"高级社就不成熟，人民公社就是不应该。公社化后问题更多，导致三年经济困难，党内的不满情绪又引起'反右倾'"。在面对所感、所信和"应该怎样"的冲突上，赵树理直接发表自己的意见，争取决策者重视、解决这些有关"国计民生"的问题。孙晓忠说，这时他是"以一个乡村治理者的身份坚持写作并参与到实际斗争去的"（孙晓忠《当代文学中的"二流子"现象》，《文学评论》2010年第四期）。也可以说在面对这样的困境的时候，赵树理的"乡村治理者"的立场、责任置于首位，"文学"被放在一边；况且，在他的"文学观"中，写作本来就是服务于实际的生活和斗争的。对于柳青来说，他有成为"人民大作家"的更强烈的意识，他的目标是积聚全部生命能量完成具有"史诗"高度和规模的杰作。为着这一目标，就要有所放弃，在难以协调的特定困境面前，知道需要隐忍。这就像他说的，他是挑鸡蛋担子上集市的，他不敢碰别人，只怕别人碰他（参见刘可风《柳青传》，人民文学出版社2016年）。而社会主义现实主义的典型化、写远景的浪漫主义方法，也有助于他回避（"正能量"的说法就是"超越"）具体的现实矛盾，就如胡采在大连会议上说的，对"生活里原来的东西，消极的东西""一定要跳出来，改造，选择"。社会主义现实主义的这一崇高的"远景"命题，确实也能缓解现实的困境、不安。柳青的这种选择取舍，贡献了《创业史》这样的作品：一部今天在当代文学研究界仍不断引发阐释热情的长篇。

我们很难在"实际工作者""乡村治理者"与"职业作家""艺术承办者"之间抽象地做出高下分判，作家的不同选择总有他的道理。即使做出高低分判，也需要运用不同的尺度。如果仅仅从"职业作家"的层面，柳青和赵树理各有自己的难题。对赵树理来说，50年代他的写作受到环境和人物都不够典型的批评，此后，他一定程度向"社会主义现实主义"方法的靠近，这是否损害了《小二黑结婚》等作品的独特质地？而"中世纪"的文艺观念和叙述方法，是否能成为有效表现现代生活的"新颖的文学"（竹内好语）？对柳青而言，他面对的是马克思主义美学的那个"古老"的难题，一定的观念、思想倾向与面向生活整体时发生的矛盾，也就是所谓世界观与创作方法之间的纠缠。这常常是无解的悖论，这是20世纪50年代被批判为修正主义的南斯拉夫作家维德马尔在《日记片断》中的提问："艺术家越伟大，他那个时代的重大的、本质的特点和现象在他的作品中就反映得越鲜明"，还是艺术家越是鲜明地把时代的重要的本质方面表现出来，他的作品就越伟大？作家在写作时是否自始至终要绷紧神经，恪守他开始认定的思想观念，警惕发生《圣经》所记载的，巴兰三次打算执行摩押王巴勒的命令去咒诅以色列人，但每次说出的话却都是祝福，而不是咒诅？至于说到"乡村治理者"，柳青不是，赵树理虽说较为接近，其实也不是。

第七讲

历史提的问题，回答得了么？

我们是否还需要一个进击的、处理宏大题材的、"如同燃烧的火焰"般的公民诗人的存在，他作为"光明的使者和黑暗的宿敌"降临，而我们又如何区分"光明"和"黑暗"？

小说的"霸权"入侵诗歌

比起小说来,50年代到70年代的当代诗歌虽然也有一些好作品,但总体质量不佳。现代时期不少诗人探索的成果中断,得不到延续和开拓。原因跟这个时期的文学方针、政策有关。不过,对于更重视作家主体精神、体验、语言的诗歌来说,一致性的写作规范产生的障碍要显得更为突出。另外一点是当代文类、样式之间的独特性得不到应有的重视,导致小说的成规过分"入侵"诗歌造成的窘境。

进入50年代之后,诗歌写作形成了这样

的主流观念：诗不应表现"自我"的情感和内心世界，要"反映"以工农兵为主体的"新的世界""新的人物"。同时，由于诗在表达观念、情感上的直接性，在各种文学样式中，又被认为能更好发挥政治宣传的鼓动作用。苏联的榜样性诗人马雅可夫斯基的"无论是诗，还是歌，都是炸弹和旗帜"，被当代中国诗人理解为诗的"定义"。上述的诗歌观念，决定了这一时期诗歌创作在题材、主题、艺术方法上的转移，形成了特定的诗体形态。配合政治鼓动的要求，产生了被称为"政治抒情诗"的诗体，而要求诗要"丰富地深入地反映一个时代的社会生活"，"注意到人物和情节的描写"，则导致叙事诗和叙事性的抒情诗的泛滥。

诞生于苏联的社会主义现实主义，它的理念主要是从现实主义戏剧特别是小说的艺术经验上形成的。所谓典型人物、典型环境、真实性等概念都是如此。由于这一创作方法被规定为当代文学的道路，诗歌在规划写作方向的时候，便加强了反映社会生活的"叙事"因素。1950年，袁水拍在一篇笔谈中说："我们赞成诗歌主要是抒情的这种说法。此外，所谓诗歌中要有人，有事，也是重要的见解。民歌虽则短到只有两句，也还是大多数有人、有事的。"（《诗歌与传统的关系》，《文艺报》第一卷第十二期，1950年3月10日）

这位诗人后来在中国作协主持的年度选本《诗选（1953、9—1955、12）》（人民文学出版社1956年）的"序言"中再次提出，要重视诗歌中传来"城市、农村、工厂、矿山、边疆、海滨各个建设和战斗岗位发出来的声音"；说"典型形象，这是艺术反映现实生活和教育人民的特殊手段，诗歌也不例外。尽管诗歌的典型化方法有它的特殊性"，"在诗歌领域中不重视典型形象的创造问题，可能是由于对抒情诗的不正确的理解，以为'抒情'那就是抒情，这里和人物形象不相干。这是一种误会。"可是，他对诗的"典型形象"是什么，如何创造，却语焉不详，后来也没有进行什么讨论。有时候，只是被替换为思想情感的"典型性"。

这当然不是袁水拍个人的看法。从文类上说，也可以说是当代文学中小说"霸权"的体现。结果是在叙事诗已经衰落，而且也缺乏叙事诗传统的中国，五六十年代突然出现长篇叙事诗的热潮，十多年间出版了长篇叙事诗近百部。现在回顾，除了少数几部，如郭小川50年代中期的《一个和八个》《深深的山谷》，或许再加上闻捷60年代初的《复仇的火焰》之外，绝大多数都随风飘逝，除不多的研究者之外，很难发现再有读者。在这一潮流席卷之下，即使艾青也未能"免俗"，写出"杨家有个杨大妈，今年年纪五十八。/身材长得高又大，浓眉大眼阔嘴巴"的民歌体长篇叙事诗《藏枪记》。田间在50年代后期，把他40年代创作的尚有质朴生活气息的《赶车传》，扩展为七部令人难以卒读的鸿篇巨制。

"生活抒情诗"与伊萨科夫斯基

诗歌叙事的趋势，也催生了一种姑且称为"生活抒情诗"（或"生活诗"）的体式。这种诗体，20年代新诗发轫阶段就出现了，30年代之后，主要体现在具有左翼倾向的诗人那里，如臧克家，中国诗歌会的蒲风、任钧，以及40年代的根据地诗歌。50年代之后，这种诗歌体式显然受到苏联伊萨科夫斯基等诗人的影响。

伊萨科夫斯基的名字现在大多数中国诗歌读者已很陌生，但是如果提起《有谁知道她》《喀秋莎》《红莓花儿开》等歌曲，知道的可能会稍多一点：他是这些歌曲的词作者。40年代中国报刊对他就有一些介绍，1944年重庆《新华日报》登有戈宝权翻译的他的诗选，上海臧克家等主办的《诗创造》1948年的"诗论专号"也刊登过他的自传和高尔基对他的评论。

50年代初丁玲主持的中央文学研究所（后改称文学讲习所），在为学员编印的教学资料中，伊萨科夫斯基有两种。一是《伊萨科夫斯基的作品选》（1952年，黄药眠、蓝曼译，手刻油印本，文学讲习所自印），收入《谁知道她》（后译为《有谁知道他》）、《卡秋莎》（后译为《喀秋莎》）、《候鸟飞走了》《在故乡》等30余首。另一是《关于伊萨科夫斯基的生平及其著作的资料》（1954年，手刻油印本）。当时是将他作为中国青年诗人学习的范本的。正式出版的中译本是1954年的《伊萨科夫斯基诗选》(黄药眠译,人民文学出版社)。诗之外,50年代初还出版过他谈论诗歌创作的两本理论书籍:《论诗的"秘密"》("文艺理论学习小译丛"第一辑之十,1952年)和《谈诗的技巧》(孙玮译,人民文学出版社1955年)。《谈诗的技巧》1955年4月到1959年5月四年间,八次印刷总数达14万册。袁水拍1955年在《人民日报》撰文《怎样写诗——介绍伊萨科夫斯基著〈谈诗的技巧〉》推荐这本书,说它对于诗歌习作者有类乎"教科书"式的价值,说从他那里我们能"学习一些关于诗歌创作的必要知识"。这位苏联诗人的诗歌观念就是强调诗的歌唱性、叙事性:"要使一首诗能够被人理解,被人把握得住,它就必须说出一个故事来。也许那是最简单的,最明显的故事,但一定得有一个。"袁水拍认可并推荐了这个观点;不仅是作为某种特定的诗歌写作方式,而且上升到类乎诗歌写作"成规"的高度。这种带有"人物""情节",将事象提炼使之单纯化,具有明朗、歌唱性风格的抒情短诗,在当代前三十年的诗歌创作中蔚为风尚。只要浏览这个时期闻捷、李季、张志民、公刘、白桦、李瑛、顾工、张永枚等的作品,就能了解这一点。这一诗体的确立,伊萨科夫斯基的确助了一臂之力。无怪乎何其芳在评论闻捷的《天上牧歌》的时候,在肯定他的成就的同时,也颇有微词地说《吐鲁番情歌》在写法上,"和伊萨科夫斯基写青年男女们的爱情的短诗有些相似"了（何其芳《诗歌欣赏》，作家出版社1962年）。

作为特定诗体的"政治抒情诗"

当代诗的另一重要诗体是政治抒情诗，代表人物是郭小川和贺敬之。1963年之后更风靡中国大陆诗歌界，几乎所有诗人都踊跃参与写作。这一热潮一直延续到80年代中期。"当代"的文学自然是重视"政治"，广义地说，绝大多数诗也可以说是政治诗。这里的"政治抒情诗"指的是那些直接表现国际国内的政治运动，并自觉体现一个时期政策和意识形态的作品。中国当代许多诗人热衷投入这一写作热潮，并形成了一种特定的诗体形式。也就是说，当代"政治抒情诗"不是说诗中包容某些政治意涵，而是有可以鲜明辨识的思想艺术形态的诗体。它们直接触及重大政治事件、议题；写作者自觉的阶级代言意识，抒情个体将"自我"与民族、阶级、政党想象为一体；期望不限以书面文本的方式存在，不限于室内的个人默读，或沙龙、咖啡馆的朗诵，看重的是面向群众，走向广场、街头，犹如马雅可夫斯基所言，希望诗歌能回荡在舞台上和体育场上，鸣响于无线电收音机中，呼叫于广告牌上，号召于标语口号，堂而皇之登在报纸上，甚至印在糖果包装纸上……这类似于抗日战争时期的"街头诗"和"诗传单"。1958年"大跃进"时期,闻捷、李季在《甘肃日报》也曾写作紧密配合时事的"报头诗"。由于这一追求,政治抒情诗重视可供广场朗诵的节奏、韵律,常使用排比句式的递进渲染的结构方式,并在60年代兴起一股热潮,北京、上海、广州等大城市的剧场经常性地举办朗诵诗演出。这种诗不像象征主义那么"胆怯",不害怕说教,在政治诗人看来,害怕说教,可能会让道德变得含混淡薄,并失去动员群众的那种必需的质朴和直接。

当代的政治抒情诗的艺术方法,和苏联的马雅可夫斯基有直接关系。这个诗人在当代中国当然比伊萨科夫斯基重要得多,不过现在也同样被忘却。他曾影响过20世纪的不少重要诗人,一些现在被看成是马雅可夫斯基的"异端"的诗人,如茨维塔耶娃、帕斯捷尔纳克等,对他也有很高评价。帕斯捷尔纳克说,"他当然是破除各种既有形式的(泰坦似的)巨人,……他与其他共产主义者不同,他始终是一个有血有肉的人";"他那个时代需要他,他正是那个时期所召唤的人";"他有天赋,有他的价值,但粗糙,还不成熟"(以赛亚·伯林《苏联的心灵》,译林出版社2010年)。1918年,茨维塔耶娃初见马雅可夫斯基并听了他的朗诵,为他高大魁伟的身材和他的创造力、气势吸引,她在《致马雅可夫斯基》中写道:"高过十字架和烟囱/经受烽火烟尘的洗礼/迈着天侄长有力的步伐／真棒，世纪之交的弗拉基米尔！"（谷羽《茨维塔耶娃心目中的马雅可夫斯基》，《诗选刊》2016年第四期）。

这个诗人对中国的影响也是一个时期的，那个时期需要他，召唤他。从1949年到60年代初十余年间，报纸刊物刊登大量他的诗歌译文和评论文章。1953年7月纪念他诞辰60周年时，曾经很忧郁的何其芳写道："我们爱好过多种多样的诗歌，但在现代的诗人中，最能激动我们的不是别人，正是马雅可夫斯基。"（《人民日报》1953年7月19日《马雅可夫斯基和我们》）他被中国当代诗人称为"亲爱的同志和导师"，说他是"插在路上的箭头和旗帜"。这期间出版的马雅可夫斯基中译作品不下三十五六种，印数达几百万册。除了马雅可夫斯基等苏联诗人，50年代初对中国当代政治诗产生影响的，还有几位外国左翼诗人：智利的聂鲁达、土耳其的希克梅特，或许还可以加上法国的艾吕雅。不过艾吕雅1952年就病逝了，他也没有像聂鲁达、希克梅特那样在50年代初踏上新中国的土地。这些诗人都是共产党员，都参加革命运动和反抗法西斯侵略的斗争，受到监禁、迫害。50年代初，人民文学出版社出版了《聂鲁达诗文集》（1953年，袁水拍由英文转译。万徒勒里木刻插图，收入40年代和50年代初的《逃亡者》《伐木者，醒来吧！》等九首政治诗，当然不会收入他1924年写的、现在最流行的《二十首情诗和一首绝望的诗》)、《希克梅特诗选》（1952）、《艾吕雅诗钞》（1954，罗大冈译,收入《自由》《宵禁》《在西班牙》等60余首)、《阿拉贡诗文钞》(1954)等。爱伦堡在《巴勃罗·聂鲁达》中写道:他并不蔑视波特莱尔、韩波的诗歌与精神遗产,他吸收了智利民歌的健旺精神,他崇敬惠特曼,将他称为"智慧的兄长"——

> 但是,聂鲁达告诉我们,"当我们还年轻的时候我们就被玛雅可夫斯基(现通译为马雅可夫斯基——引者)的声音所激动了。迥然不同于那些斤斤于'黎明'与'破晓'的区分的诗歌体系——他的声音好像木匠的锤子一样响着。诗人伸出他的手来,伸向集体的心脏,他在那儿找到力量,足以创造新的旋律……"
>
> ——《聂鲁达诗文集》

这说明了20世纪政治诗的特征和影响的源流。阿拉贡也曾做了与聂鲁达相似的描述。

在20世纪三四十年代,政治诗的兴起是世界性现象,特别是左翼诗歌。战争、革命、殖民解放运动等关系人类命运的事件,推进诗歌突破个人性和内在性,向着"公共性"的这一走向迈进。在40年代后期,闻一多、朱自清、何其芳、卞之琳、冯至、徐迟、袁可嘉等的言论和写作,也都体现了这一方向。闻一多在《新诗的前途》中认为，在新时代的文学动向中，"要把诗做得不像诗"；"太多'诗'的诗，和所谓'纯诗'者，将来恐怕只能以一种类似解嘲与抱歉的姿态，为极少数人存在着"。朱自清《新诗杂话》（1947）中，收入了他翻译的美国诗人阿奇保得·麦克里希（Archibald Macleish）的《诗与公众世界》（1939）一文。麦克里希认为，时代变迁必然引发诗歌路向的转化，说在我们生活的时代：

> 公众生活冲进了私有生活的堤防——私有经验的世界已经变成了群众、街市、都会、军队、暴众的世界。众人等于一人，一人等于众人的世界，已经代替了孤寂的行人、寻找自己的人、夜间独自呆看镜子和星星的人的世界。

在新诗诗人和诗论家看来，诗不应再是一种"个人艺术"。这个看法，是当时中国许多诗人所认可的观点。

诗歌公共性与主体的压抑

政治诗在当代中国曾经风光一时。前面说过，它的兴盛，是60年代到"文革"后80年代中期这段时间。几代诗人，艾青、田间、郭小川、贺敬之、阮章竞、闻捷、白桦、公刘、邵燕祥、严阵、孙静轩、叶文福、雷抒雁、曲有源、张学梦、骆耕野，以及江河、杨炼的早期诗歌……合力支持这个让诗参与群众社会生活、政治情感表达的局面。

不过，中国当代政治诗的数量虽然庞大，能留下来的作品并不很多。原因可能是，当代有的诗人对"政治"的理解，更多理解为对具体政策、运动、观念的配合，而缺乏更开阔的视野：对人性光辉，对人的力量、爱和尊严，对自由幸福追求的永恒价值的肯认。另外，是在语言、想象力、诗歌精神传统的吸纳方面。而公共性与个人性之间的关系，也是其中难解的结。尽管胡风50年代初的政治长诗《时间开始了》不大成功，但在这一诗歌问题上他的看法无疑是正确的。他忧虑着在这一转换中，感性主体可能被忽视和被压抑的情况，胡风指出：

> 一切伟大的作家们，他们所经受的热情的激荡或心灵的苦痛，并不仅仅是对于时代重压或人生烦恼的感应，同时也是他们内部的，伴着肉体的痛楚的精神扩展的过程。

——《置身在为民主的斗争里面》，1944年袁可嘉在"新诗现代化"的构想中，也特别指出这种转变，不应是模糊、抹杀自我意识："从敏锐的自我意识出发，逐渐扩大推远，而接近群的意识；基于个体的扩展而非缩小或消灭个体价值。"(《综合与混合》)

50年代到80年代政治抒情诗存在的问题，可以在这些方面得到解释。

政治诗的问题，也是"政治"的问题

80年代中后期开始，政治诗热潮消减，风光不再。即使对外国诗人的译介也是这样。有学者抱怨20世纪90年代之后，中国只高度评价聂鲁达的爱情诗，而冷落了他重要的革命、政治诗歌。这种变化存在复杂的情况。一个是当时的冷战和共产主义运动局势下，这些诗歌的世界观察的"正确性"变得可疑；另外是在一个物质、消费主义主导的时代，记忆的筛选机制不可避免发生重要更易：人们难以再热情呼应那种政治激情表达。况且在今天，诗人面对的政治、社会问题和事件，已不像革命、战争年代那样能够明晰地做出决断。复杂化的"政治"孵化了立场、观点的严重分裂。事实上，也并不缺少严肃、具有公共意识的诗人，不过他们有可能在直面重要事件和问题时变得进退失据。年轻、才华横溢但早

逝的诗人胡续冬在一首诗中写道:

> 讨论桌上,两个来自
> 极权国家的民主斗士在畅想
> 全球化如何能够像天真的种马一样
> 在他们的国土深处射出自由,而
> 一个来自民主国家的左派
> 却用他灵巧的理论手指,从
> 华尔街的坍塌声中,剥出了一个
> 源自1848年的幽灵。
>
> ——《IWP关于社会变迁的讨论会》(IWP指聂华苓与安格尔在美国爱荷华大学创办的"国际写作计划")

来自世界不同城市,有着不同世界想象的知识分子,聚集在1933年纳粹党人焚书的柏林百布广场(Bebelplatz),讨论着诸如"全球化经济有助于民主,还是更巩固了独裁?""在现今的世代里,勇气是什么意思?"等议题。诗人梁秉钧(也斯)写道:

> 回答得了么,历史给我们提的问题?
> 对着录音的仪器说话,有人可会聆听?

太阳没有了,户外的空气冷了起来
能给我一张毛毡吗?
六个小时以后,觉出累积的疲劳
能给我一杯热咖啡?

——《百布广场上的问答》(《东西——梁秉钧诗选》)

这些,都是留给我们思考的问题。另外的问题是,我们是否还需要一个进击的、处理宏大题材的、"如同燃烧的火焰"般的公民诗人的存在,他作为"光明的使者和黑暗的宿敌"降临,而我们又如何区分"光明"和"黑暗"?

或者我们只是需要召回一种不具实体性质的精神,一种曾经在历史中存在的姿态,运用这一精神和姿态,来抗击现实的"精神的沦落"和"异化的焦虑迷失于物质的欲望",批判披上道德外衣的强权行为与逻辑,表达了"对统一性或同质化的批评,对被剥夺者的关注,对失去声音和生存空间的忧虑"?(耿占春《吉狄马加:返回吉勒布特的道路》,《收获》2016年第四期)。

第八讲

19世纪文学:"怀旧的形式"

> 但瞬间、现实并不天然具有"永恒"的价值,瞬间的"永恒性"要放到历史的整体中衡量才能发现。需要知道"黑夜",才能理解所经历的"白天"而只生活在白天的蜉蝣无法了解这一点。

一份书目:观察问题的"窗口"

"当代"前三十年文艺界有无数的批判运动。层出不穷的批判运动,即使你事不关己也无法避免被卷入,这正如老作家陈翔鹤1956年的感叹:"嵇康说得好:'欲寡其过,谤议沸腾,性不伤物,频致怨憎',这不正是很多人的悲剧么?"(黄秋耘《风雨年华》,人民文学出版社1988年)。当然,从另一角度说,这种感叹会被看作是愚钝的"书生之见"。

五六十年代也有许多的讨论。密集的讨论是转折期文学史"重写"的必然现象。讨论涉及文学理论、中国古代文学、外国文学等领域。如50年代关于典型、世界观和创作方法、社会主义现实主义、"写真实"的讨论，对《红楼梦》、李清照、王维、陶渊明、《长生殿》的讨论，对北大中文系1955级集体编写的《中国文学史》的讨论（1958），还有60年代初山水诗的讨论。外国文学部分，讨论了《约翰·克里斯朵夫》《红与黑》等作品，60年代还罕见地讨论了德彪西谈音乐的小册子《克罗士先生》。这些事件既是古代文学、外国文学问题，同时也是当代文学问题，因为它们关系到当代文学的建构，关系到当代文学如何处理中国古代文学和外国文学资源的问题。这些讨论提出的问题是，中外哪些艺术成果值得继承，哪些需要"过滤"，哪些需要屏蔽、剔除。这是国家主导的文学对中外文学运行筛选机制的体现。

正如冯雪峰、周扬、冯至他们在不同场合说的那样，相比起中国古代文学来，当代文学更紧迫的任务是怎样对待西方古典特别是20世纪的文学。这个问题涉及翻译、出版、评价等多个方面。这里采取化繁为简的方法，也就是选择一个切入口。我写过一篇文章《1954年的一份书目》（《当代文学中的世界文学》，北京大学出版社2022年），这份书目可能是观察这个问题的有效"窗口"。书目刊登在1954年第五期的《文艺学习》上。《文艺学习》是中国作协1954年主办的面向文学爱好者的普及性刊物。为什么说"有效"？第一，《文艺工作者学习政治理论和古典文学的参考书目》明确它的对象是"文艺工作者"而非一般读者，也就是带有"专业"性质。第二，虽然以刊物名义发布，其实由中国作协主席团在1954年7月17日的会议上讨论通过，反映了文学界高层的观点，带有"权威"性质。书目分两个部分："理论著作"（马、恩、列、斯、毛的著作，另有普列汉诺夫、日丹诺夫各一种）和"文学名著"。"文学名著"有三个子项目：1.中国（34种）；2.俄罗斯和苏联（34种）；3.其他各国（67种）。政治理论和中国文学部分不在这里讨论，从外国文学部分中，可以看到这样几个特点：

第一，地理空间上，外国文学被划分为"俄苏"和"其他各国"；"世界"于是被看成是苏联和其他各国两个区块。

第二，时间上，书目明确标示为"古典文学"。"古典"在这个书目里就是19世纪及以前。为什么不包括20世纪的"现代"？书目解释说，"现代中外文学作品，特别是苏联文学作品，当然也是文艺工作者必需阅读的，但因为这些作品，同志们自己能够选择，所以没有选入"。这也可能是因为遇到难题而寻找的托词；恰恰是"现代"作品，特别是现代西方文学难于选择。况且书目本身就存在矛盾：中国部分选入鲁迅作品三种，苏联部分选入高尔基、马雅可夫斯基的九种，他们都不属于"古典"的范围。

第三，"其他各国"部分，绝大部分是欧美西方文学作品，东方、拉丁美洲、非洲等的文学，只有印度的《摩诃婆罗多》《沙恭达罗》《泰戈尔选集》，日本的《源氏物语》、朝鲜的《春香传》共五种。这固然可以解释为"外国文学作品有一些目前还没有译本，或者有过译本现在已经绝版"，但"欧洲中心"的观念显而易见。

这样，当代这个时期对"外国文学"的分析，依照地缘政治和国家意识形态立场，可以清楚地看到空间、时间的两个界限。如此，外国文学被划分为三个板块：作为榜样的苏联文学（也包括19世纪俄国文学）；19世纪及更早时间的西方文学（古希腊史诗、悲剧，文艺复兴、启蒙时代和19世纪现实主义）；20世纪苏联以外的外国文学。后者没有出现在书目中。不过，从五六十年代（"文革"发生之前）译介、出版的情况分析，西方现代文学除了拥护、亲近社会主义阵营的左翼、"进步"作家——如德国的托马斯·曼，法国的罗曼·罗兰、巴比塞、阿拉贡、艾吕雅（这个时期的中国对萨特、加缪的态度有些暧昧），智利的聂鲁达，美国的德莱塞、马尔兹、法斯特（1956年苏共二十大后退出美国共产党，被认为是"叛徒"），英国的林赛、奥登，日本的小林多喜二、宫本百合子、德永直，土耳其的希克梅特，智利的聂鲁达，巴西的亚马多等——之外，大都列入被屏蔽、排斥的对象，特别是所谓现代派的作家作品。

新文艺，其实也是"怀旧的形式"

当代，周扬等在创造"社会主义文艺"的时候，是以欧洲文艺复兴、启蒙时代和19世纪现实主义文学作为模本和"超越"对象的。1970年第四期的《红旗》杂志刊登了署名"上海革命大批判写作小组"的文章，说周扬等认为"14至16世纪的文艺复兴、18世纪的启蒙运动和19世纪的批判现实主义文艺，'不论在思想上、艺术上都是高峰'"，出现了一批思想文艺的"大师"，这样鼓吹"资产阶级文艺"是为了"复辟资本主义"（《鼓吹资产阶级文艺就是复辟资本主义——驳周扬吹捧资产阶级"文艺复兴""启蒙运动""批判现实主义"的反动理论》）。这种批判性的结论自然是文艺激进派的见识，但指出周扬等对这些西方古典思想文艺成果的高度重视，却是事实。周扬们不会如激进派那么蠢笨，那么匪夷所思，他们明白无论要"创建"哪个阶级的"新"文艺，都无法离开与中外传统的对话。1945年，英国哲学家、文化史家以赛亚·伯林任职于英国驻莫斯科大使馆期间，曾访问过帕斯捷尔纳克和阿赫玛托娃。伯林在与他们的谈话中得出这样的印象：

> 阿赫玛托娃和她的同时代人古米廖夫、玛琳娜·茨维塔耶娃是19世纪最后的绝响——而帕斯捷尔纳克或许

可以占据世纪之交的位置,曼德尔斯塔姆或许也可以。也许只有他们才能够被称为是第二次俄罗斯文艺复兴最终的代表,这场运动基本上与现代运动无关,与毕加索、斯特拉文斯基、艾略特、乔伊斯和勋伯格无关,尽管他们对他们推崇备至;因为俄国的现代运动已经由于诸多政治事件而夭折……

——《苏联的心灵:共产主义时代的俄国文化》,译林出版社2010年

显然,阿赫玛托娃他们承接的是"古典"的传统。因此,当柏林询问阿赫玛托娃"如何理解文艺复兴——是一段真实的历史,还是一种理想化的幻象,一个想象的世界"时,她的回答是后者。"她怀念那个世界——正如歌德和施莱格尔曾经构想的,它渴求一种曼德尔斯塔姆所说的普世的文化——渴求那些已经变成艺术和思想的东西:本性、爱情、死亡、绝望和牺牲——一种不受历史限制,没有任何例外的(放之五湖四海而皆准的)真实。"(《苏联的心灵》)

在五六十年代,胡风、冯雪峰、周扬他们的处境当然和阿赫玛托娃不同,胡风、冯雪峰与周扬的政治地位也一度相距甚远,他们都是20世纪的革命者,毕生致力于创建人民的新文艺;但是也都"属于"19世纪。19世纪文学是他们创建

"新的人民文艺"的重要资源。他们的"超越"事实上是建立在对某种典范的"怀旧形式"的基础之上。

为何选择《红与黑》?

虽然当代文学界高层有着19世纪情结,但在"社会三义文学"的范畴里,处理起来也相当棘手,甚至可能是个"梦魇"。这里用得上"爱恨情仇"这四个字。50年代初,有若干19世纪小说在青年读者中相当流行,如车尔尼雪夫斯基的《怎么办》、莱蒙托夫的《当代英雄》、雨果的《悲惨世界》、托尔斯泰的《安娜·卡列尼娜》等。其中,描写个人生活道路的《红与黑》和《约翰·克里斯朵夫》,由于与知识青年生活道路直接关联而有很大影响。《红与黑》出版于19世纪30年代,它有一个副标题"1830年记事"。《约翰·克里斯朵夫》虽然完成于20世纪初,但仍可以看作是19世纪文学的系列。《红与黑》中,木匠儿子出身的于连·索黑尔一心想出人头地,他以拿破仑为偶像,以个人奋斗来改变命运,跻身上层社会。但是王政复辟时期,许多上升通道已被阻断。通过他的遭遇,小说揭露了社会等级的固化、法律的虚伪、官僚贵族阶层和教会的腐败黑暗。跌宕的情节和出色的心理描写,尤其是于连最后对上层社会的鄙视、决绝,引发许多读者的共鸣。司汤达出身新闻记者,他的艺术方式和福楼拜不同,基本上采用简洁的叙述笔法。他在世时没有得到更多的承认,但对自己作品的生命力充满信心,说《红与黑》是为1930年的读者写的作品——他的这个预期并非虚妄。

50年代末讨论《红与黑》《约翰·克里斯朵夫》这两部法国作家作品,是文学界有意识的设计。《红与黑》中文译本,现在大概已经有十几、二十种了,但50年代仅有赵瑞蕻的节译本和罗玉君的全译本。它的影响部分也来自法国、意大利1954年合拍的同名电影。这部黑白片出品的第二年,中国就有了汉语配音版。于连扮演者是当时著名的法国影星钱拉·菲利普。菲利普还主演过《郁金香芳芳》(中文配音版名为《勇士的奇遇》)。菲利普政治立场左倾,亲近社会主义阵营,1957年和妻子曾访问中国,受到周恩来和电影界众多知名人士的接待。电影在中国上映后受到好评,《大众电影》《中国电影》《国际电影》《解放日报》《北京日报》纷纷发表评论文章。它采用倒叙手法,开始就是法庭的审判,于连在法庭上慷慨陈词:"我不要求宽恕,更谈不上请求……我真正的罪在你们看来,因为我是一个下等人,竟敢同你们这些上等人讲平等,你们要砍我的头,是想警戒那些出身贫寒的青年……就是那些受到良好教育,从而敢于踏进这个被那些高傲的财主称为上等人社会的青年……你们不能宽恕我,就为了这个……"他拒绝赦免、宽恕,他看透了这一切:

"我从地狱来，走向天堂，路过人间。"他在狱中独白说出那句著名的话：该死的19世纪！（张冠尧的译本是"19世纪没治了"）。

当代这次讨论，从社会思潮上说是反右运动思想批判的延续。1958年在总结反右运动经验的时候，周扬、邵荃麟、冯至、张光年等在报告和文章中一再指出，一些青年知识分子"堕落"为右派，受西方资产阶级作品宣扬的人道主义、个人主义影响是重要原因之一。周扬1958年的《文艺战线上的一场大辩论》、1960年7月在第三次文代会上的报告《我国社会主义文学的道路》，邵荃麟的《修正主义文艺思想一例》，冯至的《略论欧洲资产阶级文学里的人道主义和个人主义》等，都强调这一点。周扬说："欧洲19世纪资产阶级文学描写的人物，很多是个人主义的'英雄'，他们或者像《红与黑》中的于连，由于个人的野心得不到发展而对社会进行报复性的绝望的反抗，或者像约翰·克里斯朵夫信仰个人的人格力量，以自己的孤独为最大的骄傲。如果青年读者将这些人作为榜样，不但不可能培养新的集体主义个性，相反地，只会破坏这种个性……可见，就是过去起过积极作用的作品，如果不加分析批判地对待，也会对革命事业带来损失……"（《我国社会主义文学的道路》，收入《中国文学艺术工作者第三次代表大会文件集》，人民文学出版社1960年），冯至在文章中也点了这两部小说的名。这次讨论，唐弢的总结文章也说，"就像宋朝理学家'坐在禅床上骂禅'一样，司汤达是站在资产阶级上反对资产阶级，因而他不得不终于又肯定他曾经否定了的东西，使于连的实际上是非常丑恶的性格涂上了一层反抗、勇敢、进步的保护色，输送给青年"（《司汤达和他的于连——读小说〈红与黑〉的讨论有感》）。

从上面引述的文学界高层的言论中可以看出，如何看待约翰·克里斯朵夫和于连·索黑尔的性格和生活道路，这些形象在社会主义时代可能产生的消极影响，是讨论的焦点。讨论时间是1959年到1960年，文章主要刊登在《文学知识》上，共有20多篇。此外，《文学评论》《中国青年》《羊城晚报》《光明日报》《文史哲》等报刊，也都有讨论文章发表。《文学知识》是当时的中国科学院文学所主办的，从1958年10月到1960年7月出刊22期。除《红与黑》之外，《文学知识》还组织了对巴金作品的讨论。说是"讨论"，其实是批判，始作俑者是上海的姚文元。他1958年在《中国青年》第十九期上发表了《论巴金小说〈灭亡〉中的无政府主义思想》。同月出版的《读书》《文学知识》等刊物，和上海的《文汇报》也开设巴金作品讨论专栏。姚文元后来还写了《论巴金小说〈家〉在历史上的积极作用和它的消极作用——兼谈怎样认识觉慧这个人物》《巴金作品的讨论，分歧的实质在哪里》等文章。据严家炎先生回忆，中国作协副主席邵荃麟曾私下气愤地说，姚文元批判巴金，也不跟中国作协打招呼，巴金正在国外做团结亚非作家的工作，国内却批判起他来！（贺桂梅《从"春花"到"秋实"——严家炎教授访谈录》，《文艺研究》2009年第六期）——1958年秋天，当时苏联的塔什干（现乌兹别克斯坦首都）在召开亚非作家会议，巴金是中国代表团团长。

《红与黑》讨论中约请了一些权威作家、学者撰写文章，以加强其影响力，如李健吾、梁宗岱、唐弢等。《文学知识》的讨论最后以唐弢的《司汤达和他的于连——读小说〈红与黑〉的讨论有感》（《文学知识》1960年第七期）结束。讨论在1960年虽然告一段落，但此后直至70年代，仍不断有文章发表，如柳鸣九的《正确评价欧洲19世纪资产阶级文学中的个人反抗形象》（《文学评论》1965年第六期），如刘大杰"文革"期间的《读〈红与黑〉》（《学习与批判》1975年第一期）。

双刃剑：19世纪现实主义

可以看出，通过《红与黑》的讨论，试图确立对待西方文学遗产的态度，并将这样的观点灌输给读者：第一，《红与黑》这样的19世纪欧洲文学，是高尔基说的"资产阶级浪子文学"，它们与无产阶级、社会主义文学有本质上的区别。第二，文艺复兴、启蒙时期，特别是19世纪现实主义文学，在它们诞生的时代有揭露封建主义和资产阶级本质的积极意义，个人主义英雄的反抗精神也值得肯定；但到了社会主义时代，它们虽具有认识的价值，但其中宣扬的人道主义、个人主义的消极作用更会凸显。第三，受西方文学很大影响的中国新文学，要建构当代社会主义文学，既要重视西方文艺遗产，也特别要强调思想和艺术的扬弃、超越。

《红与黑》的讨论，让我们大致了解了当代文学对待包括19世纪欧洲文学在内的外国古典文学的基本态度：肯定它们对封建神权，对非人道的阶级压迫、剥削的批判，对下层社会"小人物"命运的同情、关切。在当代文学设计者心目中，这些思想、艺术资源可以经过分析、批判之后，组织进社会主义文学中。但是另一方面，这种批判性也可能转而针对社会现实、制度本身，暴露生活的"阴暗面"。况且，在一个强调将个人完全组织进"集体"的时代，这些艺术成果中动人的人道精神和对个体价值的赞扬，带来的"危害"显而易见。这一"双刃剑"的性质，让文学界高层时常神经紧绷。需要说明的是，由于周扬等的更为潜在的"怀旧"心理因素，他们的态度也会发生明显的调整。譬如说，在猛烈批判人性论、人道主义之后，1961年到1962年，他们转而又表现了对中外遗产更为亲近和憧憬的姿态。

知道"黑夜",才能理解所经历的"白天"

在说过中国当代《红与黑》讨论的大致情形之后,要引入表面看来没有直接关联的人和文章——苏联作家爱伦堡的《司汤达的教训》作为参照。理由是爱伦堡的文章也写于这个时期,另一重要理由是,作者也属于社会主义国家的作家,同样信奉社会主义现实主义;但他对《红与黑》的看法和中国同行大相径庭。这篇文章写在1957年,中译刊于《世界文学》1959年第五期。1962年2月,《世界文学》编辑部编印的"内部读物"《爱伦堡论文集》收入这篇文章。

从发表和收入文集的情况看,这篇文章的性质在中国经历了从被认可、公开发表到成为有问题、受到质疑对象的转换。这个性质上的转换,从一个侧面反映了中苏关系的恶化,也反映了连带的思想、艺术观点上的分歧。在这篇文章中,爱伦堡没有谈及中国批评家强调的《红与黑》的历史、阶级局限,也没有于连的形象会破坏集体主义个性的焦虑。相反他说:

> 我们谈到它时,要比谈我们同代人的作品觉得更有信心。
>
> 《红与黑》是一篇关于我们今天的故事,司汤达是古典作家,也是我们的同时代人。

爱伦堡说，尽管时代发生变化，但是于连·索黑尔的内心感受在1957年的人们看来仍然很好理解。他认为《红与黑》之所以"长久不朽"，来自它的超越特定时代的"基本主题"：憎恶专制、阿谀奉承，憎恶用强力、伪善和威胁扭曲人的心灵。他还认为，《红与黑》为今天——他指的是苏联——的文学提供了经验，最可宝贵的一点是"在于它那格外的真实性"。如果说作品是一面镜子，那么，这面镜子不仅反映出蔚蓝的天空，也时而反映出泥泞、水洼和沟壑。事实上，根据爱伦堡的介绍，《红与黑》在19世纪的法国也受到"歪曲现实""污蔑法国社会"的指责。

如果将中国的《红与黑》讨论和爱伦堡的司汤达论述放在一起，可以发现有关社会主义文学发展道路上的分歧。关节点是，在对待欧洲古典文艺，特别是19世纪现实主义文学上，中国主流批评家既将其看作向往的对象，也不时警惕，想摆脱这个幽灵。爱伦堡的观点，反映了这个时期苏联文学变革的征象：更积极地将社会主义文学建立在人类伟大文学传统之上，特别是承继19世纪现实主义的批判精神、人道情怀；把人性、人道主义作为文学的思想精神的根基。爱伦堡的文章摘引了于连被判处死刑后在狱中的独白：

一个猎人在树林里开了一枪，猎物腾空而坠，他急忙跑过去捡，不意鞋碰到一个高可两尺的蚁窠，窠毁，蚂蚁和蚂蚁蛋被踢出老远。蚂蚁中连最有学问的那几只也不明白这黑糊糊的庞然大物是什么东西。猎人的靴子以难以置信的速度突然冲进它们的住所,先是听见一声巨响,接着又喷出红色的火花…………

在长长的夏日中,一只早上九点出生的蜉蝣到傍晚五点就死去了,它又怎能理解黑夜是怎么回事呢?

——张冠尧译本,人民文学出版社版

这是关于瞬息和永恒关系的问题。爱伦堡认为,司汤达在"描写热情、野心和犯罪的时候,从来不曾忘掉过政治",他并没有忽略时代的急迫问题,没有回避现实的政治,但是他善于眺望,他竭力要理解"夜"对于蜉蝣来说是怎么回事,从瞬息中去发现恒久事物。司汤达是出身新闻记者的作家,爱伦堡也是,他们都十分重视"瞬间"。但瞬间、现实并不天然具有"永恒"的价值,瞬间的"永恒性"要放到历史的整体中衡量才能发现。需要知道"黑夜",才能理解所经历的"白天";而只生活在白天的蜉蝣无法了解这一点。

爱伦堡在《人·岁月·生活》这部回忆录的最后写道:

我是在19世纪的传统、思想和道德标准的熏陶下长大的。如今连我自己也觉得有许多东西已是古老的历史。而在1909年，当我在笔记本上写满了歪诗的时候，托尔斯泰、柯罗连科、法郎士、斯特林堡、马克·吐温、杰克·伦敦、布鲁阿、勃兰兑斯、辛格、饶勒斯、克鲁泡特金、倍倍尔、拉法格、贝蒂、维尔哈伦、罗丹、德加、密奇尼科夫、郭霍……都还健在……如今教育在各处都超过了修养，物理学把艺术甩在自己后面，而人们在即将掌握原子发动机的同时却没有被装上真正的道德的制动器。良心绝非宗教的概念，契诃夫虽非信徒，却具有（19世纪俄罗斯文学的其他代表人物亦是如此）敏锐的良心。

——《人·岁月·生活》下卷，海南出版社1999年

周扬1958年在《文艺战线上的一场大辩论》中也有类似的话：回想新文化运动时期，"个人主义曾经和'个性解放'、'人格独立'等概念相联系，在我们反对封建压迫，争取自由的斗争中给予过我们鼓舞的力量。19世纪欧洲文学的许多杰出作品经常描写个人和社会的冲突，愤世嫉俗孤军奋斗和无政府式的反抗，这在我们的头脑中留下深刻的印象。我们曾经热烈地欢迎易卜生，欣赏他那句'世上最孤立的人就是最有力量的'的名言……"尽管爱伦堡和周扬年轻时汲取的文化资源相似，在50年代对此却有不同的态度。在周扬们那

里，19世纪是他们曾经或暗藏心中的挚爱，如卢卡契那样，通过从现代（从精神上）移民出去而保护自己，在歌德、巴尔扎克、司各脱、托尔斯泰那里得到"保护"，实现"内部的放逐"（桑塔格《乔治·卢卡契的文学批评》），"通过全神贯注于19世纪文学，通过顽固地把德语留作自己的写作语言，身为共产党员的卢卡契坚持主张欧洲的、人文主义的价值——与民族主义和教条主义的价值相对立"。

但是19世纪对周扬他们来说也是一个需要摆脱的"梦魇"。冯至1960年的文章这样划分中国当代文学与苏联文学道路的分歧的实质："现代修正主义者在文艺上除了宣扬一切最反动、最颓废的倾向之外，并且还力图混淆资产阶级思想和无产阶级思想的界限，抹杀批判现实主义和社会主义现实主义本质上的区别"；这种区别，包括人道主义、人性论和阶级论，自由、民主、博爱和无产阶级专政，个人奋斗和集体主义。"他们企图把我们的文学拉回到19世纪去，歪曲利用19世纪批判现实主义的方法来'批判'现代的社会主义社会。"冯至说，"国外的卢卡契和国内的胡风，都曾经不遗余力地歪曲利用19世纪的外国文学来攻击社会主义文学。"（《学习毛泽东思想，进一步明确外国文学研究工作的方向！》，《世界文学》1960年第二期）。

这种模棱两可、犹豫不决，注定了周扬们在一个非黑即白的两极化社会中，难以避免悲剧性的处境。

第九讲

60年代的"戏剧中心"

> 臭虫也有了自己的声音。时移世易,真的让人感叹唏嘘。

"戏剧"与"中心"

讨论这个问题,先要对"中心"和"戏剧"这两个概念做些说明。在不同的地区,不同的历史时间,文学艺术各门类、不同体裁的地位、价值等级并不一致。苏联美学家莫·卡岗(现在应该变为"俄国",因为卡冈的活动和主要学术成果都产生在"苏联"时期,所以还是用这个名称)在《艺术形态学》(原版1972年,中译本三联书店1986年)中,引述一些学者的论述指出,在欧洲中世纪,戏剧具有最高的价值;而在文艺复兴时代,"造型艺术具有最高价值";到了17

世纪,"诗歌是艺术的理想形式",那个时候,人们认为绘画应该以诗为典范,"当时法国艺术院成员特斯特朗曾广为宣传西摩尼德斯的公式:'绘画是画家的无声的诗和演说',甚至号召画家仿效诗剧的三一律规则";而在18世纪之后,文学,尤其是小说的地位上升。比如20世纪的中国,文学特别是小说也是居于最高的地位。可是,在某一时间或特定地域,门类、体裁的等级也会发生错动。如40年代延安时期,戏剧(新歌剧、秧歌剧)、歌舞曲艺等就成为"延安文艺"的最主要标志。而1949年之后的当代,文学、小说仍居于主导地位。不过在60年代中期到整个70年代,戏剧的地位上升,影响巨大,可以说取代小说、诗歌而居于"中心"位置。

戏剧	造型艺术	诗歌	小说	影视、视频
中世纪	文艺复兴	17世纪	19世纪	20世纪至今

说到戏剧,文学界通常指的是戏剧的文学文本。我们在文学史里讲曹禺,分析的就是他的《雷雨》《北京人》《原野》等文本,分析老舍的《茶馆》也是一样,并不涉及舞台实践。这和戏剧院系的关注点不同。但是,戏剧的实现需要靠演出,一出戏的"完整生命"是在舞台上。严格说来,剧本只是引起、提供戏剧演出的根据。举例来说,老舍的三幕话剧《茶馆》是当代这个时期最重要的话剧作品,至今仍是北

京人艺的保留剧目，而且对80年代以后的"京味"话剧产生了很大影响。《茶馆》的成功，固然体现在剧本上——这当然是根本——也体现在北京人艺的演出实践上，也是导演焦菊隐、夏淳，演员郑榕、于是之、黄宗洛、蓝天野、英若诚等出色的工作成果。但是我们也要承认，确实存在着可供阅读的戏剧作品。总体而言，对许多读者来说，还是靠阅读了解希腊悲剧，了解莎士比亚。因此，谈到当代60年代"戏剧中心"问题，包含着上述两个方面的理解，既指文学文本的戏剧，更指舞台上实现的戏剧；前者对应小说、诗歌、散文等文学体裁，后者对应文学、电影、音乐等文艺门类。

"戏剧中心"生成的因素

60年代中期之后戏剧成为中心，和这个时期的政治形势有关。因为当代文学与现实政治关系紧密。1962年夏天，在国际国内的复杂背景下，毛泽东提出"千万不要忘记阶级斗争"，调整了中国政治走向。从1963年开始，"斗争"开始激烈紧张，极大影响了社会生活状态和人们的观念、行为方式，思想文化界也开始了接连不断的批判运动。戏剧的那种善于表现冲突的特质，显然更能呼应这一情势：既适合表现对立力量的"斗争"，也适合在民众中推动这一"斗争"情绪的发展。

文艺作品的阅读、视听都是一种交流，不过，小说、诗、绘画等无法和读者直接交流，尽管作家、诗人在写作的时候会预想读者的反应。电影和电视剧的交流也是间接、被动的，只有在剧场演出的戏剧，包括各种表演（说书等曲艺种类），演员能够和观众直接交流，引导观众的参与。这种呼应不仅发生在演员与观众之间，也发生在观众与观众之间：进入剧场的陌生人在感受剧场创造的情境中产生"共同经验"。也就是说，戏剧不仅是交流工具，它本身就是交流。作者、导演、演员在集体创作中与剧场观众一起，创造一种人生经验，合力构造一个想象的世界。因此，左翼文艺家如果想更出色地发挥文艺的宣传鼓动效用，戏剧无疑是理想的样式之一。这是"戏剧中心"形成的背景。

60年代戏剧成为"中心"表现在这样几个方面。首先，时代风向最先在戏剧中得到迅速反应。毛泽东1962年8月提出"千万不要忘记阶级斗争"，闻风而动的就是戏剧。1963年哈尔滨话剧院的话剧干脆就叫《千万不要忘记》（丛深编剧，原名《祝你健康》）。接着表现阶级斗争题材的《年轻的一代》（陈耘编剧）、《霓虹灯下的哨兵》（沈西蒙、漠雁、吕兴臣编剧）在同年陆续出现，它们在全国引起轰动，改编为各种地方戏，《千万不要忘记》和《霓虹灯下的哨兵》也很快被拍摄成电影；它们成为时代的风向标。1964年10月在人民大会堂首演、演出人员多达三千余人的音乐舞蹈史诗《东方红》，由于带有叙事（革命历史）的贯穿线索，也可以看作具有戏剧的性质。其次，戏剧中心还体现在它成为政治斗争的突破口、导火索，这指的是孟超根据明代周朝俊《红梅记》改编的昆曲《李慧娘》受到的批判，特别是1965年11月开始的对吴晗新编历史剧《海瑞罢官》（北京京剧团1961年演出）的批判，是当时的重要政治事件，可以说是"文革"的序幕。戏剧与政治斗争的结盟，还表现在它是文艺/政治激进派用来创建"无产阶级文学新纪元"的"样板"形式，这就是大家熟悉的"革命样板戏"：京剧《红灯记》《沙家浜》《智取威虎山》《海港》，芭蕾舞剧《红色娘子军》《白毛女》等。在时隔40年之后，我们现在谈论"样板戏"会倾向将它们看作是一组舞台（或电影）的"文本"，而不再关注它们产生的方式和当时引发的争议；这是一种与具体历史情境"脱落"的现象。也就是说，"样板戏"不仅是戏剧文本，也是一个戏剧、政治事件。一个利用所掌握的政治权力，从全国调用所需物质、人力资源制作的成果，并同样运用政治威权来捍卫它不受任何冒犯的地位。

第三，戏剧的走向中心，除了戏剧在当代政治、文化中的位置和存在方式之外，还有内部结构的层面。也就是说，戏剧的"成规"如何成为其他艺术形式的范例，被普遍性地组织进其他艺术形式的内部结构之中。戏剧多种多样，话剧、歌剧、音乐剧、哑剧……中国戏曲和西方话剧、歌剧又很不相同。但是某些特征带有普遍性，也可以看作是戏剧的特质，如行动、冲突是戏剧结构的中心；如场景性，即使中国戏曲具有虚拟性，可以在舞台上体现"无限"空间，但这也只是在一个特定场景中的虚拟的拓展；如对话（哑剧自然除外），特别是话剧。不过，60年代戏剧"成规"并不只是针对戏剧的一般特征，而且是这个时期戏剧，特别是"样板戏"形成的模式，这种模式还借助政治权力几乎作为写作"律令"推广，如大家熟知的"三突出"：所有人物中突出正面人物，在正面人物中突出英雄人物，在英雄人物中突出主要英雄人物，如情节结构的"多波澜"等。有学者指出，"革命样板戏"的问题，其实存在于它自身的内部矛盾中。按照我们的理解，"革命"是打破旧的规范，是创新，而"样板"是封闭和固定。我曾经就"样板"这个词，和北大的王风老师有过讨论（《关于"样板戏"的"样板"一词的通讯》，见《材料与注释》，北京大学出版社2016年），据他说，元代《无冤录》以及南戏《白兔记》都有"样板"一词，知道是标准、版式的意思。而在现代，这个词更多用在工业、材料、制作方面，是模板、样式的意思。用于强调想象力和创造性的文学艺术，或许是这个时期的"新创"。大概一切色厉内荏者都喜欢建立一种"律令式"的模式吧。

这个时期戏剧的"成规"对其他艺术门类的影响不同，

大抵说，小说、电影等最为明显，但绘画、散文，甚至诗歌也有可以辨认的痕迹。确实当时就有学者撰文认为，诗歌写作也要学习样板戏的"三突出"；但怎样学习，许多人一头雾水。整体而言，影响表现为对场景化、冲突的情节模式的耽爱，人物则角色化——正派或反派，在冲突中有确定位置，以及对话的台词化等。因此，这里的"成规"不能仅仅理解为形式因素，它具有文化政治内涵，互为表里。它们一起"制造"这样的"世界观"：一个可以截然对立，无法调和的两极世界（对立包括社会力量、家庭关系、情感世界和心理内容），需要展开不妥协的斗争加以解决，来改变或巩固以身份政治和阶级意识形态作为准则的社会结构。

前面说过，左翼文艺家如果想更出色地发挥文艺的宣传鼓动效用，以至成为政治的"工具"，戏剧（也包括电影等）无疑是理想的样式。因此，苏联文艺，也包括30年代中国左翼文艺，特别是40年代的延安文艺，都体现了对"语言中心"的超越，重视声音、影像、肢体表演等手段的戏剧表演形式。50年代之后，虽然诗、小说在文学版图中占据重要位置，但是对戏剧的重视仍延续下来。除此之外，诗、小说等的接受，也加强了朗诵、电台连续广播等增强"戏剧"因素的手段。60年代的"戏剧中心"，是一个积累的过程，不是突然发生的。

这个时期戏剧的"总主题"

从1963年开始的戏剧创作、演出热潮中，尽管有话剧、现代戏曲、芭蕾舞等样式，也有历史、现实等题材，但表达的观念，主题却有高度的"一体性"。它们讨论的是人与人（特别是不同"代"）在社会中的联结方式，包括什么能成为牢固关系的纽带，以及"革命"延续（接班人）问题上的焦虑。我在《革命样板戏：内部的困境》（收入《读作品记》，该文在《文艺争鸣》2015年第四期刊出时题目为《内部的困境——也谈样板戏》）中有过比较细致的分析。话剧《千万不要忘记》《年青的一代》《霓虹灯下的哨兵》，以及《红灯记》《海港》等都是这样。《红灯记》最初是电影文学剧本，名为《革命自有后来人》。《红灯记》的红灯，是一个关于传承的象征符号。

80年代，我曾读过台湾大学外文系张汉良的《比较文学理论与实践》（1986），里面对比了元代李行道的《灰阑记》和布莱希特的《高加索灰阑记》，我后来在《问题与方法——中国当代文学史研究讲稿》（三联书店2002年）中引述了他的分析。元代李行道的《包待制智勘灰阑记》（也作《包待制智勘灰栏记》）讨论了一个孩子的归属问题，在包公那里，血缘关系是判断归属的依据。左翼作家布莱希特的《高加索灰阑记》是它的改写，故事发生在中世纪的格鲁吉亚。总督夫人在战乱逃亡时,将孩子交由女仆照顾抚养。这回,法官将孩子判给了不是亲生母亲的女仆。布莱希特认为,人与人的关系,血缘的维系不是唯一的,或者说并非首位的,最重要的是在共同生活中建立的情感与责任。在戏剧上实践"间离效果"的布莱希特在剧本的末尾有这样一段议论:

  观众们,你们已看完了《灰阑记》,请接受前人留下的教益:一切归善于对待的,故此
  孩子归于慈母心,以便长大成器;
  车辆归于好车夫,以便顺利行驶;
  山谷归于灌溉者,使它果实累累。

  孩子归属判定可以说是文学作品、历史叙述中的"母题",旧约圣经中也有对所罗门判案的叙述。"样板戏"《红灯记》中的孩子归属问题已经解决,它直接表明了这种联结的依据。关于"孩子"("后来人")的身份、思想感情归属,《红灯记》强调的是现代的阶级观念、阶级属性。李奶奶的著名台词是:"爹不是你的亲爹,奶奶也不是你的亲奶奶。咱们祖孙三代本不是一家人,你姓陈我姓李,你爹他姓张"——不是一家人而胜过一家人,原因在于共同的革命目标和阶级属性。当然,90年代香港作家西西在她的小说《肥土镇灰阑记》中,对《灰阑记》有触及"时事"的另外改写,

黄子平的《革命·历史·小说》(香港牛津大学出版社版,内地简体字版为《灰阑中的叙述》)对此有出色讨论。被置于灰阑中的孩子在元杂剧、在布莱希特那里是无名的,在戏剧结构里属于"空位",没有他们自己的声音,但是西西让孩子发出声音,开口说话:"案子已经断了很久了,还断不出什么头路来。为什么不来问问我呢?谁药杀了我父亲、谁是我的亲生母亲、二娘的衣服头面给了什么人,我都知道,我是一切事情的目击证人。只要问我,就什么都清楚了。可是没有人来问我。我站在这里,脚也站疼了,腿也站酸了。站在我旁边的人,一个个给叫了出去,好歹有一两句台词,只有我,一句对白也不分派,像布景板,光让人看。"西西的观点是,对这个被争夺的孩子而言,"谁是我的亲生母亲"其实并不重要,重要的是"选择的权利"。联系到60年代的戏剧,我们得以窥见它们在意义结构上遮蔽的某些方面。黄子平说,灰阑中被争夺的孩子开口说话意义重大,这是"对沉默的征服"和"对解释权的争夺",是对大人和权势所控制的世界"提出一个基本的质询"。

时隔三十年的两个文本的比较

这个时期的戏剧,"样板戏"已经说得很多,这里挑选

1963年的《千万不要忘记》，将它和苏联作家的一部作品做比较，来看不同国度、不同时间但题材相似的文本，在有关爱、幸福、个人责任、身份归属、未来想象等处理上的异同。苏联作家是诗人、剧作家马雅可夫斯基，他于1928年创作了话剧《臭虫》。

《千万不要忘记》发表时的名字是《祝你健康》，后来才截取毛泽东1962年中共八届十中全会提出的"千万不要忘记阶级斗争"作为名字。"健康"在这里自然不是生理层面，而是指情感、心理、思想立场。这种隐喻我们并不陌生。如延安整风提出的"治病救人"，50年代初知识分子思想改造被比喻为"洗澡"，杨绛先生还写过名为《洗澡》的小说（1988）。黄子平在《革命·历史·小说》里，有"病的隐喻和文学生产"一章专门讨论这个问题。这个话剧，和《年青的一代》《霓虹灯下的哨兵》，以及"样板戏"《红灯记》《海港》的主题有共同性，讲的都是革命的传统继承、延续问题。在50年代的许多小说、戏剧中，青年人常以先进者的角色出现，如赵树理的《传家宝》，马烽的《结婚》《一架弹花机》，王汶石的《新结识的伙伴》……到了60年代，作品中的年轻人许多成为患病者，需要革命先辈、老工人、老农民，通过讲亲身经历，"忆苦思甜"给予治疗以恢复健康。犹如歌曲《听妈妈讲那过去的事情》（管桦词，瞿希贤曲）所说的。自然，不是所有的妈妈，也不是任何故事都能承担这一职责，讲的必须是革命先行者的奋斗经历，或工农在"旧社会"里的悲惨经历。

《千万不要忘记》剧情是这样的：电机厂先进青年工人丁少纯，思想发生蜕变，开始讲究衣着穿戴物质享受，急着下班打野鸭子卖钱好购置一套呢子衣服，险些酿成生产事故。在老工人的父亲和朋友的帮助教育下，他最终认识错误，提高了阶级觉悟。这个故事，让我们联想起马雅可夫斯基的戏剧《臭虫》。这位苏联作家，在当代中国的五六十年代名声显赫，我在前面的"苏联化"与"去苏联化"中介绍过。当时他在读者印象中是以诗人形象出现，同时他也是个戏剧家。《臭虫》的剧情是，青年工人、共产党员普利绥坡金，思想也发生蜕变，背叛自己的阶级（剧中人物清扫员称他"丢盔卸甲地逃离了阶级"），讲究穿着享受，抛弃同是工人的女友，娶了理发店女老板的女儿。这两个不同国家、不同时代的作品有若干有趣的共同点。第一，《臭虫》故事发生时间是1928年，《千万不要忘记》写于1963年，距离各自国家新政权建立都是十余年。这是一种巧合，抑或是有关"革命传统"继承、延续焦虑的周期？第二，思想蜕变，受到侵蚀的"病毒"传播源来自女性——青年工人的妻子（或未婚妻）、丈母娘（或未来的丈母娘）——而丈母娘均是（或曾经是）"小业主"。一个开着理发美容店，另一个开过鲜果店。为什么是"曾经"？因为自50年代中期之后，中国私营经济已经不再存在，而苏联1921年在列宁主导下实行"新经济政策"，以征收粮食税代替余粮收集制，允许外资企业管理国家暂时无力经营的企业，恢复商品货币关系等，私营小商店被允许存在。这种病毒源来自女性的剧情设计，体现阶级身份视角之外，是否也体现了男性中心的"主导"视角？第三，失去革命意志的青年所患的"病"，好像不涉及什么政治态度、阶级立场，而集中在穿戴等物质享受、生活趣味方面。其实，在《年轻的一代》《霓虹灯下的哨兵》《海港》中也是同样的体现。在革命胜利后，物质方面的追求为什么引发惊恐？这是这些剧提出的问题。马雅可夫斯基写过一首诗《败类》，墙上挂着马克思的像：

> 马克思从墙上看着，看着……
> 突然
> 张开嘴，
> 大声喝道：
> 庸俗生活的乱丝
> 纠缠着革命
> 庸俗生活比弗兰格尔还可怕，
> 赶快
> 扭断金丝雀的头——
> 为了共产主义

不要被金丝雀战胜！

　　诗里提到的弗兰格尔，是20年代苏联内战时期白卫军的总司令，以残暴著名。《臭虫》这些作品都在表明，革命要"荡涤"的"污泥浊水"，不仅指阶级压迫、剥削，也涉及个人生活、趣味习惯等广泛领域。

　　但是这两个剧也有重要的不同。差别是中国剧作家一般比较温和，这种"温和"其实也属于当代写作的惯例，他们不会让无产阶级的后代无法挽救，患"病"的人最终会被治愈。马雅可夫斯基就不那么留情面（不留情面也跟《臭虫》的"神奇的喜剧"的性质有关）。他让普利绥坡金婚礼时突然失火，他和所有参加婚礼的"小市民"们都葬身火海。五十年后（也就是1979年）已经进入共产主义，后代人发现了普利绥坡金的尸体决定让他化冻复活，同时复活的还有一只在新时代已经消失的臭虫。可是普利绥坡金无法适应新的、干净清洁的生活，让他变成未来人的一切努力都成了泡影，终于他和臭虫一起，在动物园的笼子里作为独一无二的稀奇动物陈列。

　　另一个重要不同，《千万不要忘记》只有一个声音，属于"单声道"，没有出现不同的叙事点和有差异、冲突的声音。这也是当代这个时期多数作品的特质。或者作家的体验、观点本身就单一，或者有不同想法但也尽量不在文本中呈现。《臭虫》不同，它可以说是多声道作品，不同声音构成对话，甚至冲突。在《臭虫》中，作者给了普利绥坡金自我辩解的机会，对于对他的谴责，他的回应是："我过去的斗争是为了美好的生活，现在我伸手就可以得到这种生活，老婆、孩子和真正的享受。在必要的时候，我永远能尽到自己的天职。打过仗的人有权利在小河边上休息一番，享受一下安宁的生活。"《臭虫》的第二稿本中还出现了一个与阶级、民族等属性无关的"未来的人"，他向劳动者许诺，通过革命将出现"地上的天国"，"厅堂里陈满家具，电器设备齐全……在那里工作轻快，手不起茧，劳动像玫瑰在掌上开花"，那里的茴香根上，一年之中要结出六次菠萝蜜；在这一理想世界中，"人造树"生长着散发清香的橘子、苹果和松果……在有关革命倡导者与参与者之间建立的"契约"上，舒适生活与物质享受显然占有重要位置。

另一矛盾信息是，《臭虫》作者对他所理想的"清洁"社会其实也狐疑，甚至惊恐。50年后的理想社会中，"溜须拍马"和"骄傲自大"的"细菌"已经消灭；人们不知道有吸烟、喝酒的事情；"自杀"这个词已经消失，新人类难以理解人为何会为爱情自杀；"恋爱"成为一种"古老的病名"，偶尔有少女患上这病症需要赶紧送进精神病院；交谊舞动作已失传，举行的是有一万名男女工人表演田间工作方法的跳舞大会；"玫瑰花""幻想"这些词只能在园艺和医学的书里找到；被复活了的普利绥坡金感到新生活的无聊，提出想读"有趣味"的书，新人类为他找到的只有胡佛的《我怎样当总统》和墨索里尼的《流放日记》——胡佛任总统和墨索里尼开始他的独裁专制政权，都发生在《臭虫》写作的同一时间，这两本书自然都是作者讽刺性的杜撰。确实，马雅可夫斯基谴责了沾染着铜臭和使人堕落的物质刺激，谴责了他憎恶的旧习俗。但是，他也诚实、勇敢地揭示了他理想的"清洁"社会的单调、整齐划一、粗陋、个体失去主体性的乏味，甚至可怕。马雅可夫斯基当然是无产阶级诗人，阿拉贡说他是当代政治诗的创造者，但他是复杂的、富于想象力和创造才能的艺术家。他是阶级论者、集体主义者，也是人性论者、个人主义者。他歌颂苏维埃、社会主义，但这种歌颂类乎基督教的"创世纪"意识。他宣誓要把一切献给革命事业，但革命、爱情、艺术在他那里，正像莉莉·布里克（马雅可夫斯基的情人和缪斯女神）说的，对他来说，"生命是赌注"，他要不读他的人读他，不爱他的人爱他……（参见本特·杨费尔德《生命是赌注：马雅可夫斯基的革命与爱情》，广西师范大学出版社2020年）

臭虫也有了自己的声音

在马雅可夫斯基写作《臭虫》80年之后，中国的孟京辉为了向这位诗人、剧作家致敬,也创作、演出了孟京辉版的《臭虫》。被孟京辉第二次解冻复活的臭虫,面对的并非清洁、整齐划一的世界,面对的是破碎混乱、物欲横流的情景。在这样的情境下,臭虫这一原先被唾弃、被作为旧世界的残留物陈列的怪物有了自己的声音。孟京辉为它谱写了《臭虫小调》:

> 吃胡萝卜治疗眼睛,
> 找女人能解闷消愁,
> 穿皮大衣保证温暖,
> 弹吉他逍遥自在。
> 无论是今年还是明年,
> 啤酒和青鱼都不能断。
> 无论是革命还是建设,
> 人人都伸着手要幸福。
> 无论是晴天还是雨天,
> 孩子们总得起床上学。……
> 我要的并不比你多,
> 我只是像你一样更关心生活,
> 我要的并不比你多,
> 我只是像你一样更关心生活。
> 事情就是如此简单,

这是臭虫的道理。

臭虫也有了自己的声音。时移世易，真的让人感叹唏嘘。

60年代戏剧中心导致的各种文艺样式的泛戏剧化现象，在"文革"后"新时期"的文艺革新中，成为普遍质疑的对象，出现了"去戏剧化"的潮流。

电影界首先讨论这一命题。1979年，钟惦棐提出"电影与戏剧离婚"。同年，白景晟（译制片导演、配音演员）提出《丢掉戏剧的拐杖》："电影依靠戏剧迈出了自己的第一步，然而当电影成为一门独立的艺术之后，它是否还要永远拄着戏剧这条拐棍走路呢？""是到了丢掉多年来依靠'戏剧'的拐杖的时候了。"（《电影艺术参考资料》1979年第一期）张暖忻（《沙鸥》《青春祭》《北京，你好》的导演）、李陀（见《谈电影语言的现代化》一文，《电影艺术》1979年第三期）也强调中国电影要与世界电影艺术的潮流接轨，重视电影自身的语言，批评当代中国电影依赖戏剧的情况。

文学界（小说、诗、散文等）虽然没有这样明确的口号提出，也表现了同一趋势。诗歌似乎表现了正相反的趋向，援用了梁宗岱、袁可嘉在三四十年代提出的诗歌"客观化""戏剧化"的主张，但这里的"戏剧化"正是为了克服、抵抗那种感伤、滥情戏剧化的诗歌倾向，期待将情感、体验凝聚为某种可感的实体，强调一种距离和间隔，以取得情感体验的"外在形态",也提升情感体验的"质地"。小说、散文的重要征象,是对场景化、冲突中心化的离弃。汪曾祺那种"反戏剧"的"不是小说的小说"受到的热情关注和兴趣,从一个侧面反映了这一变迁。散文与叙事的报告文学、通讯的分离也在这个时期出现。

第十讲

当代文人的另类写作

> 这里说的"各自""不同"很重要,这些写作是一个通道,以便能看清楚在大的历史框架下,具体个人的、容易被总体概括所忽略的细微部分。在历史、文学研究中,我们确实不应该厮守、缠绕于细枝末节,但是空洞议论、概括也不可取。

"当代文人"的说法

这一讲的"当代文人"是个权宜的说法，是指那些在当代（主要是20世纪50—70年代）富有学养、有传统文人的某些素质，但不以文学写作为主业的作者。如60年代初写杂文、随笔或小说、戏剧的邓拓、吴晗、廖沫沙、陈翔鹤、唐弢、翦伯赞，他们的主要身份是历史学家、文学研究者，有的是当时的高级官员。陈翔鹤20年代是沉钟社成员、小说作家，不过50年代之后主要从事古典文学研究，主持50年代初《光明日报》专刊"文学遗产"（"文学遗产"开始属于中国作协主管，后来划归科学院文学研究所），60年代初他突然写了两篇有影响的、引发争议的历史题材小说：《陶渊明写"挽歌"》和《广陵散》。历史学家翦伯赞60年代初也有《内蒙访古》等散文。另外，这个时期被我称为"当代文人"的写作者，还有在五六十年代写作旧体诗词的作者。他们并非中国现当代文学一般意义上的诗人、作家，他们有的是革命者、政治家，或者翻译家、学者、书画家、编辑。从绝对意义说，他们处于"作家"，甚至文学圈之外。这些人有杨宪益、黄苗子、荒芜、启功、郑超麟、李锐、杨帆、聂绀弩、沈祖棻等，在评述他们的旧体诗词写作的情况下，也使用"当代文人"的称谓。

至于"另类写作"，有两层意思。一层是文类上的。另类，就是非主流，是边缘性的，在一个时期处于尴尬境地的文类。杂文和旧体诗词都是这样。尴尬局面的原因各自不同。旧体诗词在"五四"以后很长一段时间（至少到80年代），它在新文学中的"合法性"是个问题。写作旧体诗词的人当然还不少，不过他们大多不把这种写作看作是文学创作的"正业"，评论界也不把这些作品纳入文学实绩的评鉴范围。杂文的尴尬则是由于它与时代政治、与当代文学"规范"之间的关系。杂文作为一种现代文学体裁，毫无疑问是因为鲁迅先生的创造性写作诞生的。虽然在现代，甚至到了50年代，它是否是"文学作品"仍存在争议。我1956年到北大中文系读书，系主任杨晦教授就不怎么同意将杂文归入文学的范围。当然，在这个问题上杨晦是少数派，杂文是文学体裁之一可以说如今已经是共识。

　　杂文面临的尴尬局面，主要原因是它的特质与时代、与文学的意识形态规范之间的裂痕、冲突。也就是在社会主义社会中，杂文讽刺、批评的"素质"是否仍可以保留和发挥？如果剔除这一重要特征，鲁迅创建的杂文是否还有存在的必要？这个问题40年代初在延安就提出过。1942年3月罗烽在《解放日报·文艺》（丁玲主编）上发表了文章《还是杂文的时代》，感慨鲁迅先生那把"划破黑暗，指示一路去的短剑已经埋在地下了，锈了，现在能启用这种武器的实在不多"。他用了"短剑"的比喻来概括杂文的特征，说如今还是杂文的时代。这个看法显然不合时宜，当时和后来都引起麻烦，一再受到批判。批判者认为，"作者是在抗日战争时期就有关'时代'的问题发言；是在跟人们争论究竟对当时中国的现实，特别是延安这样一个地方，应该持一种什么样的看法"（严文井《罗烽的"短剑"指向哪里？》，《文艺报》1958年第二期）。也就是说，杂文在革命政权建立的"新时代"，这种讽刺、批评的特征是否还有必要，还有效？换一个角度说，在"新时代"，如果杂文要存在，是否需要大幅度修改它的文体特质？确实，50年代也有一种"歌颂性"杂文的提倡。这个问题在1957年的"百花时代"被再次提出，杂文家、翻译家徐懋庸用"回春"的笔名在《人民日报》上发表了《小品文的新危机》。"新"是对应鲁迅30年代的文章《小品文的危机》。他列举了当代妨碍杂文发展的七大矛盾。徐懋庸后来在《文艺报》召开的讨论杂文问题的座谈会上说，七大矛盾的"中心问题还是一个——民主问题"。他反对那种"杂文是不民主时代的产物"，现在民主了，可以不要杂文了的这种说法。他认为，"杂文的本身是代表民主的"，"应该在民主立场上发展起来"。"民主的意义之一就是人民要求的多样性，因此杂文也应该多样性，可以歌颂光明，也可以揭露黑暗，社会主义社会也有阴暗的一面，至少有个把黑点子"，"杂文作家要养成对黑暗的敏感"（《我们需要杂文，应当发展杂文——本报召开的杂文问题座谈会记录》，载《文艺报》1957年第四期）。在那个提倡百花齐放、百家争鸣的时期，不同作家对杂文的前景估计互异。袁水拍认为，党中央提出正确处理人民内部矛盾，杂文"危机"基本过去了。但舒芜就不这么看，他说"杂文要生存，还要发展"，"今天，生存问题似乎更突出些"。当时任《文艺报》主编的张光年的推断是，"杂文是'百花齐放、百家争鸣'的急先锋，又是'百花齐放、百家争鸣'的气象表。当'百花齐放、百家争鸣'的方针受到抵制的时候，也就是杂文受到抵制的时候"。这个推断倒是符合后来杂文的生存状况。

"另类写作"的第二层意思，涉及写作的动机、方式，和作品的发表、传播方式。在这些方面，它们都和一般意义上的文学创作有很大不同，甚至可以说脱离了一般文学创作动机和传播方式的"正轨"。这个问题，下面还会具体讲到。

在当代，杂文的生存、发展，基本上是在政治、文学形势比较宽松的时期，一个是1956到1957年上半年的"百花时代"；另一个是1961年到1962年，那时国家针对"大跃进"时期的错误实行有限度的调整。60年代初，在"散文复兴"（指当代散文偏于叙事性，向通讯、报告文学偏斜，到抒情散文、小品文的复兴）的同时，杂文创作也一度较为活跃。1962年5月，《人民日报》在副刊版开辟"长短录"专栏，由杂文作家陈笑雨（他当时任《人民日报》副刊部主任）主持，聘请夏衍、吴晗、廖沫沙、孟超、唐弢为特约撰稿人，到年底共发表杂文37篇。专栏名称来自老子的"有无相生，难易相成，长短相形，高下相倾"，主旨是反对绝对化、单向思维，在承认事物之间的差异、多样化的前提下提倡辩证思维。这是一种稳妥但也积极的宗旨：在比较中获得真知，确立"表彰先进，匡正时弊，活跃思想，增加知识"的目标。他们刊发这些文章都采用笔名：文益谦（廖沫沙）、陈波（孟超）、黄似（夏衍）、万一羽（唐弢）、章白（吴晗）。"长短录"的这些文字，在"文革"中受到批判，在见报十七年之后的1980年才得以结集出版（人民日报出版社）。

《燕山夜话》：忠言劝谏者的悲剧

就在这个时间，邓拓的《燕山夜话》和吴南星（笔名，"吴"即吴晗；"南"是马南邨，即邓拓；"星"取自廖沫沙笔名"繁星"）的《三家村札记》也在《北京晚报》和北京市委理论刊物《前线》刊出。刊于《北京晚报》"五色土"副刊的《燕山夜话》，从1961年3月19日的《生命的三分之一》开始，到1962年年底，共得文章159篇。

关于《燕山夜话》与《三家村札记》中的这些杂文，可以关注两个问题，一是作者身份，另一是这些文章的性质、风格。正如前面说的，邓拓、吴晗、廖沫沙在当代，都不是一般意义上的文学作家。吴晗是明史专家，后来积极投入政治事务。邓拓著有《中国救荒史》，长期从事革命宣传、报刊工作，50年代担任《人民日报》总编辑。廖沫沙三四十年代虽然有杂文、小说创作，但是50年代之后，主要担任政府行政职务。一个重要特点是，这三人在60年代写作这些杂文时，都在北京市党委和政府担任领导工作。邓是文教书记，吴是副市长，廖是统战部部长。邓拓参与建构毛泽东思想体系和中共宣传体系（《晋察冀日报》和《人民日报》总编辑，参与编辑出版第一本《毛泽东选集》），最后却陷于悲剧结局（1969年自杀）。如果定义他们的身份，也许可以称他们是"高级文人官员"。这个阶层现在已经不多见。在齐慕实著作的中文版中，对这一身份使用了"高干知识分子"的说法（英文版是"既得利益群体和体制的知识分子"）。"高干"没有问题，"知识分子"则还可以细分。邓拓等是有更多传统文化素养的知识人，他们熟知历史，精通典籍，会写诗词，又懂书画……因此，称他们为"高干文人"也并无不可。这一身份，规约了他们杂文写作的内容和文体形式。

第二个问题，《三家村札记》，特别是《燕山夜话》涉及内容广泛，甚至也可以说驳杂，这自然也符合杂文的"杂"的特征。它们常从古代正史、稗史、文人别集、笔记或传说中撷取材料，加以阐发引申，来议论现实生活中有关社会政治、经济、伦理道德、文化艺术、个人修养等范围内广泛的现象、问题。邓拓自己说，"我之所以想利用夜晚的时间，向读者同志们做这样的谈话，目的也不过是要引起大家注意珍惜这三分之一的生命，使大家在整天的劳动、工作以后，以轻松的心情，领略一些古今有用的知识而已"（《生命的三分之一》）。"文革"中批判《燕山夜话》和《三家村札记》是"反党"，攻击伟大领袖，西方有的研究者也认为它们有反对当时政权的对抗性质。这当然不符合事实。但其中确实也有"不为陈言肤词，不为疏慢之语"的篇章，如《伟大的空话》《专治"健忘症"》《爱护劳动力的学说》《堵塞不如开导》《说大话的故事》《王道和霸道》《陈绛和王耿的案件》等，从中可以看到对1958年国家一些政策措施的含蓄批评，但其实也只是忠诚者的忠言劝谏。齐慕实的看法是对的,这些文章的"关键性观点、主题和前提假设都是相同的:重申党的领导传统和谨慎的工作作风,同时努力寻找改进的新途径"。在邓拓、吴晗的这些杂文中,占据中心位置的是中国传统文化。题旨自然是有的放矢,但阐释引例大多来自传统文化——历史、文学艺术、道德典范。作者有意识地作为中国文化的传承和阐释者的身份出现。传统文化在他们的杂文中,不仅具有引例佐证的性质,在深层的意识上,他们可能是在表达这样的看法:马克思主义等并非都能回答当代社会政治、经济以及思想情感的问题,也需要从历史中寻找借鉴;也就是说,他们试图将当代关于政治、社会生活、个体行为修养的设计,与中国的文化传统建立连接。

从文体角度说,《燕山夜话》和《三家村札记》展现出一种"轻松"且具"软性"的风格。二者均采用谈心式、引导性的叙述方式,体现出对知识传播的重视。杂文从尖锐讥刺和直逼主旨,到这个时期转化为曲折展开、温和节制的"软性"风格,主要是形势使然:这是这一文类风格的当代变异。这种转变,主要是因杂文可能引发的风险在写作者那里记忆犹新,也和写作者是政府机构高层人士的身份有关。相比于涉及的具体论题,这些平易、委婉、朴素的文字,更重要的是提供了一种思想态度:在宽容、中庸的形态中,体现这些"当代高干文人"对现实生活缺陷的敏感和关切,以及对现代教条、僵化思想秩序的有限度的质疑。

旧体诗词:"寻常化"和"定型化"的范式

接着要谈的当代另一种"另类写作",是旧体诗词。旧体诗词在20世纪50年代到70年代,就如前面说到的,也是尴尬的文类。主要是因为在"五四"文学革命之后,它的合法性在新文学界受到质疑。所谓"合法性",不是说已经没有写作者,而是在新诗诞生、成为主流之后,现代人写作的旧体诗是否可以纳入新文学的范围。因为这个原因,50年代到70年代,旧体诗的写作者不是很多(相对于90年代旧体诗词写作蔚为大观的情况),报刊上虽也有旧体诗词刊载,但数量很少。似乎有一种不成文的规定,即默认有资格的发表者主要是政治、文化界的高层人士,如毛泽东、董必武、朱德、陈毅、郭沫若、赵朴初、邓拓等。

不过,这里被归为"另类写作"的,不是指报刊上公开发表的作品,而是指另一类型的写作者,如杨宪益、黄苗子、聂绀弩等。他们中许多也是中共领导的革命运动、文化运动的热切投身者或追随者,也有着传统文化濡染,却因为各种原因在当代特定时期受到迫害,甚至身陷囹圄。旧体诗词写作是他们在获罪遭难时间或"罪责"解除之后的寄情释怀，或与同道者同气相求答赠的作品。

我这里借助日本学者木山英雄的书来讨论这一"另类写作"。《人歌人哭大旗前——毛泽东时代的旧体诗》出版于2016年（赵京华译，三联书店）。木山是日本研究中国文学、鲁迅的著名学者，毕业于东京大学，先后任一桥大学、神奈川大学教授。他影响最大的论著是《北京苦住庵记——日中战争时代的周作人》《读鲁迅〈野草〉》。《人歌人哭大旗前》所讨论的对象，就是那些参加、追随革命，却遭受难以想象的磨难的知识分子在落难期间和之后写的旧体诗词，其中有杨宪益、黄苗子、荒芜、启功、郑超麟、李锐、杨帆、胡风、聂绀弩、沈祖棻等。他们的职业"从革命者、政治家到教授、编辑、作家、翻译家、评论家"，都不是一般意义上的"专业诗人"。

木山英雄在书中称他们是"身怀旧诗教养的最后一代旧体诗"作者，他们的旧诗写作是"属于传统延长线上的行为"。这个说法肯定会引起争议，受到质疑。因为90年代之后，旧体诗词写作在中国大陆蔚然成风。不过木山的这个说法并非意味着他不了解这一状况，只是表达了他对这样的现象的疑惑和态度上的保留。

杨宪益他们写这些旧体诗的时候，认识到这些作品（尤其是遭难期间的写作）不可能公开发表，不可能进入公共传播、流通渠道。原因之一是旧体诗在现代特别是当代没有获得合法地位，更重要的原因是他们当时的"罪人"身份。事实上，我们今天读到这些作品时，已经是过了相当时日，也就是写作者的"罪责"解除之后，它们才得以出版。因此，写作动机、可期待的效应，基本属于寄情抒怀，或小圈子的答赠、应酬。这种取材、艺术方式及对读者对象和社会效应的预期，和被赋予启蒙意义和公共性效应的新诗完全不同。这当然有所失，不过，从这些与个人日常偶然性体验相连的表达中，也较有可能得知那些历史大叙事所忽略、遮蔽的部分：被时代大潮冲击而寄居边缘缝隙的落难者的日常体验、情感，他们的悲苦、自我奚落和调侃，或虽落难却对革命"初心"矢志不移的忠心表达……这里有思想史、文化史的意义，也有诗歌自身的值得探究的问题。事实上，旧诗在它的演变过程中，也不断积累了处理私人生活情境和在朋友圈里的交流功能。基于这一分析，我们或许可以认识到，旧体诗在我们生活的时代，仍有可以发挥作用的空间；但同时也要认识到，这个作用其实相当有限，我们不应对其抱以理想化的想象。

木山在这本书的附录《当代中国旧体诗词问题》中指出，这些热衷旧体诗词写作的作者，对旧诗写作行为其实有清醒的认识，也就是深知现代生活、经验的表达与旧体诗写作之间存在深刻的矛盾。因此，杨宪益他们对80年代中期出现的"有模有样"的"中华诗词学会"这样的全国性组织，"基本上是冷眼旁观"。"深刻矛盾"的表现之一，是表达上很可能出现的"异常境遇的寻常化"。换个说法，也就是现代的特殊境遇、经验，在旧体诗的表达中，可能被纳入由旧体诗长期累积而普遍化的寻常模式中，而削弱甚至扭曲了境遇、经验的现代意义。木山英雄用黄苗子《过香溪》一诗作为例子。黄苗子因为与吴祖光、丁聪等艺术、电影界人士来往密切，1957年被定为"'二流堂'小家族"，受到迫害，"文革"期间更被认为是一个"裴多菲俱乐部"性质的反动小集团的成员而再次受到批斗。他在冤案平反之后路过秭归的香溪，这里相传是汉元帝妃子王嫱（王昭君）的出生地。黄苗子触景生情，有传统文化、古典诗词积淀的他，很自然联想起昭君的故事，联想起杜甫的《咏怀古迹》，"群山万壑赴荆门，生长明妃尚有村。一去紫台连朔漠，独留青冢向黄昏"，以及唐末李振有关清流浊流的险恶说辞，写了这样的诗句：

> 一溪宛转入长江，
> 生长明妃水亦香。
> 溪自清清江自浊，
> 清流投浊最寻常。

黄苗子很快将现代知识分子的遭遇，在旧诗写作中与古代文人的遭遇取得联系，"千载琵琶作胡语，分明怨恨曲中论",将现代的复杂经验纳入了明主昏君、忠奸、清流浊流的模式。正如木山英雄指出的:"'反右'和'文化大革命'中知识分子的大量受难之'怨',则在此种'游记'诗里以与历史中的阴暗恶意相重叠的方式得到了'寻常'化"的表现。"寻常化"表示旧体诗词在现代社会仍有用武之地,为"浸润到旧诗韵律里"的文人提供了理想的表达方式;但是,也表示了它的局限,它和现代情境、经验之间的脱节和"深刻矛盾"。于是,这些歌咏者"对生涯的咏叹也与其诗一起属于传统延长线"。这是"幸",也是"不幸"。他们的不得志、失意,他们无奈的自嘲,怀才不遇的忧愤和怨怼,乱世的流离漂泊……得以找到绵长且成熟的"寻常化",而且也是"定型化"的表达。

我们从这里可以发现,写作者因有这样的心态情志而选择了这样的"形式",而"形式"反过来也规范、制约了他们的想象、心智的方向,有可能引领他们走到旧式文人的"颓败的诱惑"的路上,从而削弱了境遇感触的现代意味和情感意志上的锋芒。因此,借助这些旧体诗写作来"复原"写作者的境遇和心态固然是一条"便道",但也正如木山英雄所言,"从另一面看也可以说境遇归境遇,诗归诗,即使是旧诗也应该这样地分离开来"——虽然旧诗确实能更有力地表达个人性的慰藉。

第十讲 当代文人的另类写作 173

不应厮守于细枝末节，但空洞议论也非可取

在文学研究中，"中心"自然是作品，关注社会背景、作家传记等，目的也是为了更好理解他们的创作。不过，谈到这些"当代文人"的杂文、旧体诗写作，也存在一个"反向"的关注角度。邓拓等的这些杂文，除了研究者，现在大概阅读的人不会很多；聂绀弩、黄苗子等写于特殊时期的诗词，读者也属于"小众"的范围。这些文本的意义，更多是提供对这些写作者身世、精神的探索。也就是说通过这些文本，探索20世纪中国部分知识分子的独特命运，他们不同的精神、心灵轨迹，对时代问题的不同应对方式，并扩大引发至对中国革命经验的思考，从变动不居的历史的某些地方去寻找"不变的东西"。

这里说的"各自""不同"很重要，这些写作是一个通道，使我们看清楚在大的历史框架下，具体个人的、容易被总体概括所忽略的细微部分。在历史、文学研究中，我们确实不应该厮守、缠绕于细枝末节，但是空洞议论、概括也不可取。如木山英雄所言，"在权力支配下空洞的议论越多，人们的本性便越发暴露出来"。譬如，这些"当代文人"中，有不少人一辈子都对"政治"难以割舍，但这种难以割舍的表现也有很多差异。正如木山英雄分析的，画家、书法家的黄苗子，"虽说一生的经历被政治弄得一塌糊涂，但此人（们）

的政治喜好实在是病入膏肓",“反复经历了激烈的'幻灭',其诗的语言与政治仍彼此相连而不肯有所分离"。而老资格共产党员郑超麟,经历"文革"的批斗之后,在他的诗作中,"始终以近于'刚毅木讷'之仁(《论语》)的秉性,得以拒绝走向'愁思'的文人式的颓败的诱惑",至死不渝坚持他的信仰。

第十一讲

延长线上的"新时期"

> 对诗人、作家来说,人道精神就是解除心的甲胄,恢复对人的生存状况,对爱、痛苦、欢乐的敏感的保证。

80年代的"新时期文学"

在20世纪80年代,"新时期"最开始是个政治概念,或者说是关于当代史分期的概念,但很快就应用到文学分期上,用以指"文革"之后文学发生的重大变革。对它的起点现在有不同说法,学界大抵以1978年小说《伤痕》(卢新华)、《班主任》(刘心武)的发表,以及北岛等的自办刊物《今天》的创刊作为标志。《伤痕》《班主任》这些小说,今天看来都显得幼稚、粗糙,但却引发了变革的先行者的震动效应。这种现象在历史上并不少见。也许正如俄国作家屠格涅夫19世纪

60年代谈到别林斯基时说的,推动潮流的革新者可能不是博学之士;但正是这样的人,能感知时代潮流的涌动,相反,博学之士因为"博学",在新的事物面前傲慢而失去敏感(参见屠格涅夫《回忆录》,人民文学出版社1963年)。80年代新诗潮的发起、推动者,并不是年轻诗人寄予希望的"复出"的艾青,甚至也不是40年代具有先锋色彩的、后来被称为"九叶诗派"的诗人们(尽管后者对新诗潮持同情的态度),而是"知识"并不系统、也缺乏写作经验的年轻一代。

"新时期文学"落实到哪个确定的年月其实不是那么重要。但由于当代文学与政治的如胶似漆,在很多情况下文学行为其实也是政治行为,所以,许多政治事件,如1976年10月"四人帮"的被捕、1978年底中共十一届三中全会的召开,都是引发文学变革的重要条件。现在,批评家和文学史研究者已不大使用"新时期文学"的说法,更多的是讲"80年代文学";原因是"新时期"一词更多联系当年具体的"政治问题状况",也难以包容复杂的80年代文学思潮和创作。

80年代文学,既是变革、转折,同时也是当代50年代到70年代文学的延伸。过去,我们强调断裂、转折的一面,这当然十分重要,但是对"延伸"、连续性的关注存在不足。延伸、延长线的含义有多个方面,包括:一、当代文学基本制度、观念、艺术方法并未发生根本性改变,而是在有所调整的基础上的延续;二、在50年代到70年代发生冲突的各种文学主张、创作倾向，到了80年代地位发生了"结构性"的变化，某些曾被压制、批判的论题被重新提出和肯定，如"写真实""干预生活"，如对"现代派文学"的看法。所谓延长线，不是否认80年代文学发生的重大变革，而是让我们去注意"新时期"文学与"文革"、与"十七年"文学之间构成的对话关系。

"冰雪消融，云雀歌唱"

观察这个时期文学的变革，首先不能忽略诗人、作家，以及他们在作品中表达的情感和精神状态。无论如何，文学艺术首先是关于人的情感和心理状况的。作家一个时期的感受很重要，它与想象力、激情和创造力有关。显然，"新时期"降临，在不少作家那里产生过新时代开始、历史翻开新一页的共识，"解放感"是普遍性的。在"转折"尚未成为显在事实之前，北岛在《波动》中敏锐地感觉到风起于青萍之末的征象："一种情绪，一种由微小的触动所引起的无止境的崩溃……仿佛一座大山由于地下河的流动而慢慢地陷落……"后来被称为"九叶派诗人"的郑敏1979年写道，"冰雪消融，云雀欢唱，……呵，我又找到了你，我的爱人，泪珠满面"。"爱人"这里指的是她钟情、但是50年代之后"离散"的诗歌[《如有你在我身边(诗啊,我又找到了你)》]。还是大学生的王小妮在《我感到阳光》中,也表达了穿过漫长黑暗隧道之后,突见阳光的那种震撼、晕眩感:

啊,阳光原是这样强烈

暖得人凝住了脚步,

亮得人憋住了呼吸。

全宇宙的阳光都在这里集聚……

这些单纯而有些夸张的情绪,是一个不可能再重现的时代的情绪表达,一种热切期待,而且真诚相信"明天会更好"的乐观情绪。熟悉苏联文学的当代作家、读者会联系起苏联50年代的"解冻文学"。俄国是高纬度国家,春天积雪融化、冰河解冻是人们生活中的重要自然现象,因此,解冻也延伸为社会、政治隐喻。爱伦堡1953年预示时代变革"症候"的小说,就以《解冻》命名。他后来讲到当时写作的心境,说在俄罗斯的四月,"有的地方还可以看到灰色的雪堆,但是……一株株的草儿、未来的蒲公英的娇嫩的星形芽儿正在穿透地面"(《人·岁月·生活》)。在苏联五六十年代"新浪潮"电影代表人物丘赫莱依的《晴朗的天空》中,斯大林死时也出现天空放晴、冰河解冻的场景——虽说从艺术上讲这有点概念化的笨拙。

"解冻"意象所传达的，也是这个时期中国许多作家、知识分子的心理情感。70年代末到80年代初，拉赫玛尼诺夫的《第二交响曲》，特别是《第二钢琴协奏曲》在中国乐迷中就得到了这方面的呼应。悲怆、忧郁与期待、辉煌的复杂情感的交织，是语言、文字所难以确定表达的。尤其是1901年的《第二钢琴协奏曲》第二乐章（柔板），同时代画家列宾给其的评语是，旋律酷似俄罗斯春汛不断泛出地面的湖水。百年后，上海乐评人撰文，也说了相似的感受，"想象一下冰河的解冻，一点点地融化和侵蚀，慢慢涌动的暗流……冰河的大面积坍塌"，并说七八十年代之交，这首曲子（苏联钢琴家里赫特1963年的录音版本）"给了整个80年代初的中国知识分子'思想启蒙'"（曹利群：《拉赫玛尼诺夫：没有门牌的地址》，《爱乐》2011年第七期）。这个说法自然过于夸张，却提示了一种超越时空的情感共振：它不限于单个人，是具有普世性质的"精神气候"。当然，细加分析，这种"解放感"在不同的作家、诗人那里，内涵并不一律。郑敏说的"又找到了你"的"你"，其实在不同的人那里千差万别；这需要从各自在当代的处境和对未来的期待中获得具体的解释。

80年代文学发生的变革，很重要的一方面也呈现在文学管理、控制方式的某种有限度的变化上。当代文学是高度组织化的文学。其实不同制度的国家对文化、写作、出版都会进行管理，不过在性质、方法、程度上存在很大差异。1962

年，西方学者曾在伦敦举办过讨论当代中国大陆文学的会议，这次会议上发表的论文（包括夏志清补写的文章），刊发于1963年的《中国季刊》（这个刊物1960年由英国国际关系研究所创办，1967年移交伦敦大学东方与非洲研究学院）。会议的观点是，相比对中国当代文学理论的争议，管理、控制问题其实更具决定性意义；管理同时也转化为作家的自我约束和审查。80年代的情况发生了某些改变，经历了"文革"期间高度严密化的管理控制之后，某种程度的松动出现，写作在题材、风格、观念以及出版等方面，都呈现出某种自由度。这种变化原因是多方面的，包括社会情绪的积累，管理者对历史经验反思做出的调整，文艺管理层内部在文艺政策上的分歧，以及后来文学在社会政治中地位的下降，和商业、市场化的冲击等等。不过，调整和改变仍然不脱离当代文学在五六十年代已经确立的基本轨道，所以也可以使用"延伸"这个词来描述。

80年代的"前台作家"

和四五十年代之交一样，文学时期转换的标志之一是"中心作家"的大面积更替。在80年代，位于文学"前台"的作家、诗人大体上是两部分人。一是50年代到70年代因为政治、文学等原因被排斥、被边缘化的作家，如"胡风集团"的牛汉、曾卓、绿原、彭燕郊，"右派作家"艾青、汪曾祺、王蒙、陆文夫、张贤亮、高晓声、刘绍棠、公刘、昌耀、邵燕祥、白桦，以及因为带有自由主义、现代主义思想艺术倾向而被冷落的诗人、作家。他们在一个时期内自称或被称为"归来""复出"者。"归来"是艾青、流沙河等一些诗的主题，艾青1980年的诗集就名为《归来的歌》（四川人民出版社）。"前台"的另一部分作家，是"文革"期间上山下乡后开始创作的"知青"，他们在这个期间被称为"知青作家"，涉及知青生活道路的作品被称为"知青文学"，如史铁生、阿城、韩少功、王安忆、张承志、贾平凹、路遥、张抗抗、梁晓声等。以"知青"命名的作家，其创作大体是叙事体裁，北岛、舒婷、多多、芒克、食指等"文革"期间虽然也有下乡或在工厂劳动的经历，但一般不被加上这一名号。这与文类、题材性质有关。

　　上面的类型分析，不是在强调作家创作的同质化，但在一个特定的年代，这种分析有它的合理性。这两类作家居于"前台"位置有两个方面的条件，他们或者原本与当代前三十年文学的主流观念、方法存在"越轨"而曾经受难，或者对这种主流观念、方法的介入不深。比如路遥、张抗抗、韩少功、贾平凹等，他们尽管在"文革"期间也写过符合当时文学观念、方法的作品，但并未形成牢固的世界观和艺术观，因此他们后来克服这一障碍并不很费力。这两个作家群体的另一共同点，是他们在特定时间里，经历了身份和生活环境的变化。身份上的上层/底层，生活空间的城市/偏远贫困乡村，文化的"高雅"/乡野民俗……作家这种身份、地域的大范围"迁徙"，在现代文学史上似乎只有三四十年代的战争时期可与之相比，这对作家的情感、心智，对他们写作的影响不言而喻。他们因此也有可能成为"越界的游走者"，有了从不同角度和视域观察、体验现实人生的可能性。

不过，这两个"作家群"也存在明显差异。大体上说，"复出""归来"不仅明示他们的生命历程，也暗示他们的精神、情感意向，体现他们与制度、文化秩序之间的关系。他们曾被抛出轨道，成为"天庭流浪儿"（流沙河的诗句），如今又戴着"荆棘的王冠"回归，虽说"衣衫褴褛"，却"通体焕然着光艳的新鲜"（梁南的诗句）。他们中许多人的写作，流露出苦尽甘来的稳定感：这段伤痕累累的历史终将因踏上"红地毯"而画上句号（张贤亮《绿化树》）。这段历史被看作"日蚀"（从维熙《大墙下的红玉兰》）、"月食"（李国文《月食》）般的偶然和例外，是一段"剪辑错了的故事"（茹志鹃《剪辑错了的故事》），是可以从生命和当代史上切除的赘瘤（谌容《减去十岁》）。但这段经历既是他们无法摆脱的梦魇，也是可以反复诉说、并使他们由"罪人"转化为"当代英雄"的"财富"。因此，若干"复出"作家呈现出令人惊讶的"自恋"，絮絮叨叨地反复写作他们的"自叙传"，这种"归来"意识，形成了作品的意义结构。

与"归来"作家相比，"知青"们曾经的红卫兵、上山下乡经历，其意义在"文革"未结束时就变得暧昧不明，"新时期"之后甚至成为负面资产。更重要的是，返城之后他们发现自己并没有确定的位置，属于"餐桌旁的一代"（于坚的诗句）。"他们是误生的人,/在误解人生的地点停留"（多多《教诲——颓废的纪念》）。他们被略微夸张地称为"荒野处境"的"无根的一代"："'根'的缺失，'家'的缺失，'父'的缺失，'史'的缺失"（孟悦《历史与叙述》，陕西人民教育出版社1991年）。这个孩子，"时间上她没有过去，只有现在；空间上她只有自己，没有别人。这样，她新旧故事都没有，寻找故事成为她的苦事一桩"（王安忆《纪实与虚构》）。因此，无论是对个人生活，还是历史认知，他们就会偏于拒绝、排除关于"岸"（孔捷生《南方的岸》）、"终点"（王安忆《本次列车终点》）的意识，自觉或被迫地选择哪怕孤独的追寻、行走（张承志《北方的河》《金牧场》），以至进一步追问超越历史限定的人生目标和归宿（史铁生《命若琴弦》《务虚笔记》）……

需要说明的是，上面的分析只是就多数作家的倾向而言，并不能概括某一类属的所有作家的创作特征和各自的成就。也就是说，整体性的分析往往存在虚假、不真实的成

第十一讲 延长线上的"新时期" 187

分，正如前面谈旧体诗词写作时，日本学者木山英雄的告诫那样。在历史、文学研究中，我们确实不应该厮守、缠绕于细枝末节，但是空洞议论、概括也不可取。如木山英雄所言，"在权力支配下空洞的议论越多，人们的本性便越发暴露出来"。事实上，以诗歌创作为例，一些"复出"诗人如牛汉、昌耀、邵燕祥等，在晚年依然葆有并发展了他们旺盛的探索精神与创造活力。

文学革新的资源

毫无疑问，"五四"新文学、西方19世纪文艺，成为"新时期"文学革新者想象、创造力的首要凭借，也包括80年代初开始大规模翻译的西方20世纪"现代派"文学。由于转折发生的突然性，作为文学革新灵感来源的"触媒"，其实既驳杂，也零碎，但即使片言只语的碎片，也可能燃起火焰。如许多作家和批评家所说的，五六十年代公开的出版物，特别是内部出版供"参考"、批判的出版物，起到了重要作用。如"百花时代"落幕前夕，《译文》刊登的波德莱尔《恶之花》（陈敬容选译），如阿拉贡谈波德莱尔的论文（《比冰和铁更刺人心肠的快乐——〈恶之花〉百年纪念》，沈宝基译），如爱伦堡回忆录《人·岁月·生活》中记述的20世纪初俄国诗人、作家的事迹和作品片段……一个"实证"的例子是多多写于1974的《手艺》：

> 我写青春沦落的诗
> （写不贞的诗）
> 写在窄长的房间中
> 被诗人奸污
> 被咖啡馆辞退街头的诗
> 我那冷漠的
> 再无怨恨的诗
> （本身就是一个故事）
> 我那没有人读的诗
> 正如一个故事的历史
> 我那失去骄傲
> 失去爱情的
> （我那贵族的诗）
> 她，终会被农民娶走
> 她，就是我荒废的时日……

诗的副标题是"和玛琳娜·茨维塔耶娃"。不要说当时的中国不曾有这位诗人诗集的中译本，就是在苏联本土，她作为"异端"（曾流亡国外，40年代初回到苏联，为政治和生活所迫而自杀身亡），诗集也长期未曾获得出版机会。多多所"和"的茨维塔耶娃的诗，来源于爱伦堡1957年写的《〈茨维塔耶娃诗集〉序》，而爱伦堡这篇序言，被收入内部出版的《爱伦堡论文学》（《世界文学》编辑部1962年），里面引了茨维塔耶娃1913年的一首短诗，张孟恢的译文是：

> 我写青春和死亡的诗，
> ——没有人读的诗！——
> 散乱在商店尘埃中的诗
> （谁也不来拿走它们），
> 我那像贵重的酒一样的诗，
> 它的时候已经到临。
> ……

因此，准确地说，多多"和"的是张孟恢的茨维塔耶娃——90年代之后中国大陆的翻译与张孟恢的译文有重要差异。生活在不同国度、时代的两位诗人，都有点激愤，孤傲地发出叛逆的声音——关于社会处境，也关于诗歌现状。比较起来，多多似乎显得更为决绝。

参与历史叙述和政治实践的文学

接下来谈谈80年代的文学主题。当代文学在政治、社会生活中处于重要位置,这一传统在"新时期"得到延续,甚至强化。"强化",指的是不仅实现宣教、塑造公众意识和政治动员的作用,而且参与了历史叙述和现实政治的实践。文学承担了情绪宣泄、历史反思等各种重任,作家还试图充当政治、经济变革预言者、设计师的角色。那时的大部分文艺作品,主旨可以用俄国19世纪的两个短语"谁之罪"和"怎么办"来概括;它们程度不同具有"问题文艺"的性质。常被提及的有1975年的"天安门诗歌",有话剧《于无声处》——它对1975年"天安门事件"的平反早于中央的正式决议;有电影《太阳和人》(1980)引发的政治争议和因此开展的运动;有《人民日报》为某个短篇(《神圣的使命》)撰写"本报评论员"的政治性评论;有《乔厂长上任记》被看作是发出工业制度改革的先声……北岛在文章《朗诵记》(《失败之书》,汕头大学出版社2004年)中回忆1984年《星星》诗刊举办"诗歌节",北岛、顾城、叶文福等朗诵的火爆场面。他说,"由于时间差,——意识形态解体和商业化浪潮到来前的空白,诗人戴错了面具,救世主、斗士、牧师、歌星,撞上因压力和热度而变形的镜子……"这也并非完全是误会和"错戴",这种情景仍是当代历史传统的延伸。不仅"镜子"因压力热度变形，作家、诗人也同样。因此，一个较为宽松的环境，引发"回到文学自身"的反弹势所必然。加强文学对现实、政治的干预，与下降压力的热度，这两种声音的争论、辩驳，90年代到新世纪之后也不曾停歇。总体而言，"纯文学""回到文学自身"也仍处于继续受质疑的位置。

"新时期"文学可以说都直接或间接与"文革"和当代史有关，特别是叙事性质的作品（小说、回忆录），基本上是以"文革文学"以及某些"十七年"文学作为对话对象。许多批评家都指出这一点。许子东说，"倘若不先给'文革'一个说法……很多作家（及读者）似乎都不能从文化、道德及价值观的断裂心创中真正'生还'，他们与传统文化及'五四'的种种精神联系都很难延续"（《重读"文革"——许子东讲稿》，人民文学出版社2011年）。许子东为他的书起名"重读"，原因是他分析的对象是"文革"之后讲述的"文革故事"，不包括"文革"期间对"文革"的讲述。另外，他借鉴俄国学者弗拉基米尔·普罗普的结构主义方法，从50部讲述"文革故事"的作品中归纳出29个"情节功能"和4个基本的"叙事情景"。他将这些"文革故事"称为"灾难叙事"，这既是他对历史性质的认知，也是80年代绝大多数"文革"叙事的主题性质。不过，这部著作的落脚点并非这些讲述是否符合"历史真实"的判断，而是关注讲述的动机、不同的方法和叙事模式。而在80年代，无论是作家还是读者，他们均关注"历史真实性"的问题——这也是王朔的《动物凶猛》,特别是经姜文改编的《阳光灿烂的日子》在90年代初引起激烈争议的原因。

那个时候的情景,正如许子东说的,许多人是通过阅读(或观看)这些叙事(或影视)文本来了解他们曾经历或不曾经历的短暂而怪异的历史的;这些文本(小说、回忆录、纪实文学、影视)的写作、制作者大多是亲历者,他们的"见证者"的身份,似乎提供了"历史真实性"的保证。在80年代,不要说"伤痕""反思"文学,就是以"改革""寻根""先锋"命名的文学,对它们的意涵和表达方式的理解,都离不开"文革"这个大背景。余华、莫言、格非等的作品,虽然很大程度上模糊了具体历史特征,比如余华的《现实一种》对暴力的动机、与具体历史的关系都没有明确指认,它被表现为偶然、无法控制的事件,但正如倪伟、旷新年等指出的,因有了"文革"的历史记忆,"使得余华的笔端有意无意地流泻出波浪汹涌的暴力";而暴力被表现为偶然、非理性,正是与探讨暴力的具体历史、阶级根源的作品(《暴风骤雨》《白毛女》《红色娘子军》等)构成对话,因为"文革"期间的暴力,并非全部可以从确定的历史、阶级根源做出解释。撞击经验主义的"铜墙铁壁",既深入"时间的深沟",又渴望"从时间的深沟里升腾"(艾青《时代》),深入到人性的范畴,这是短命的"先锋小说"曾经努力的方向。

人道主义问题的复活

支撑80年代文学"总主题"的思想是人道主义。人道主义在60年代和"文革"时期曾受到猛烈批判,80年代成为思想、文学变革的最重要助推器。李泽厚认为,"新时期"文学"围绕着感性血肉的个体从作为理性异化的神的践踏、蹂躏下要求解放出来的主题旋转",因此,他将80年代称为"第二个'五四'"。当然,正如刘禾、贺桂梅等学者指出的,80年代典型的人道主义故事(如《伤痕》《人啊,人!》)是落实到家庭、伦理关系中的,这相比"五四"文学、当代50年代到70年代的叙事模式是一个逆转。"五四"时期,家庭常被表现为压抑个体的社会暴力的组成部分,而当代的作品,《青春之歌》《创业史》《千万不要忘记》《红灯记》等,讲述的是个人、家庭生活的缩减,是个人、家庭生活被组织进公共、国家集体的过程。80年代文学则呈现了逆向的趋势,人性、人道主义、爱情、家庭成为从历史中"拯救"个人的力量。这种情况,在重新发现左翼革命遗产,质疑80年代描绘的前现代/现代历史图景的90年代之后,被认为是另一种性质的遮蔽。

在80年代关于人道主义、异化问题的争辩中,政治权力的干预让周扬、王若水们"败下阵来",做出检讨。也许,批判者的理论分析较为严密、更具逻辑性,不过,事情不只是关乎理论,更关乎现实情境和人的情感、生命。在发生了"文革"之后,"人道主义"作为"解放者"的意义,它的积极功能怎样高度评价也不过分。而对诗人、作家来说,人道精神就是解除心的甲胄,恢复对人的生存状况,对爱、痛苦、欢乐的敏感的保证。

第十二讲

新诗潮：寻找新的符号系统

明白有明白的好处，朦胧也有朦胧的优点。

"朦胧诗"和新诗潮

"文革"结束后的70年代末到80年代初，当代诗歌所发生的变革，不仅是当代诗歌领域的重要事件，也可以说是当代文学、当代思想发展进程的关键节点，就是说它的影响范围不限于诗歌自身。这一事件由1978年12月创办的民间刊物《今天》引发，也是以《今天》作为主要标志。它的代表性人物有北岛、舒婷、顾城、芒克，以及"迟到"的食指、多多等。另外，我将习惯上被称为"第三代诗人"的于坚、张枣、柏桦他们也包括在80年代初"新诗潮"的范围之内。

目前，对这一诗歌潮流有不同的称谓，最通行的是"朦胧诗"，另外还有"今天派""今天诗派"，还有就是"新诗潮"。这些不同说法，涉及对这场诗歌革命性质的不同认识，也和文学经典、文学秩序确立过程中的"争夺"有关。一些诗人反对用"朦胧诗"来描述这一诗歌现象。北岛在一次访谈中说，他很反感"朦胧诗"这个标签，应该叫"今天派"（查建英编《八十年代访谈录》，三联书店2019年）。北岛的意见有他的道理，离开具体语境，"朦胧诗"的说法确实含混，也难以显现新诗潮的性质、意义。不过，如果回到当时的情境，最初的争论确实是首先围绕艺术革新与阅读习惯、鉴赏心理之间的矛盾展开的，这涉及诗歌语言、想象方式。也就是说，至少在那个时间的中国，"朦胧"不被简单看成风格问题。人们在接受、阅读上给出的带有负面意义的"朦胧"的反应，是根源于这些作品语言的"异质性"，而这种"异质性"实质上表现了某种程度的"语言的反叛"。这正如刘禾说的，"拒绝所谓的透明度，就是拒绝与单一的符号系统……合作"（刘禾《持灯的使者·编者的话》，牛津大学出版社2001年）。因而"朦胧诗"的概念虽一再受到非议，也不十分离谱。我在这里采用"新诗潮"的说法，主要是考虑更大的涵盖面，也就是把当年标举超越北岛旗帜的诗人也包括了进来。其实，"新诗潮"的说法当时就存在，谢冕80年代初就多次使用。1985年由老木编选、影响很大的《新诗潮诗集》

（上、下两册，北京大学五四文学社自印发行）也采用了这个名称。《新诗潮诗集》收入的，除了北岛、舒婷、顾城、江河、杨炼、多多、芒克、根子（岳重）等人的作品，也包括后来被归入"第三代诗人"的于坚、柏桦、张枣、翟永明、韩东的诗。

新诗潮诗人之间其实有很大差异，与当代诗歌、与传统也各有不同的联结方式。譬如舒婷更多体现了传统浪漫抒情诗歌的倾向，而杨炼、江河早期的诗，可以看作是一种经过变革的"政治抒情诗"。但是在诗歌精神和探索的主导意向上，他们具有共同的时代特征，这就是"个体"精神价值的发现，他们打开了当代诗一度被封闭的艺术空间，去寻找与人类诗歌精神、方法的广泛联系……

北岛说得对，在"新时期"的文学/诗歌革新中，《今天》这个刊物确实有它无法取代的重要性，影响也可以说超出了诗和文学的范围。对《今天》的研究论著很多，其中，刘禾主编的《持灯的使者》（香港牛津大学出版社2001年）中，收录了当事人的回忆文字，是研究《今天》的重要资料。刘禾称这本书是"边缘化的文学史写作"。这些回忆文章多写于90年代之后，有强烈的"确立经典"的目标和焦虑。它的可贵之处，也是它的文学史价值，在于提供了丰富、鲜活的"现场"情景和细节。其中有的文章，如徐晓的，也是很好的散文。

在80年代前期,"朦胧诗"的代表人物通常是五人:北岛、舒婷、顾城、江河和杨炼。1986年作家出版社的《五人诗选》,从选本编纂的角度体现了这一认定。诗歌"场域"确立的这个"秩序",后来引起另一些诗人和批评家的不满,下一讲会谈到这个问题。但在当时,北岛、舒婷、顾城确实有很大影响力,围绕他们的诗,也展开过热烈、褒贬不一的讨论。

那个时候的顾城,被舒婷称为"童话诗人",不过90年代初他的结局并不怎么"童话",尽管有评论者仍对其赋予童话色彩。舒婷的诗最初也存在争议,《福建文学》曾用长达一年的时间讨论她的诗,但她当时的诗,在"朦胧诗人"中应该读者最多,也最早得到"诗歌界"的认可,最早获得正式结集出版的机会(《双桅船》,上海文艺出版社1982年),也最早获得作家协会等颁发的全国诗歌奖。

舒婷的诗歌受到欢迎,有现实原因。卞之琳先生说过,中国新诗浪漫主义有两个线索,一个是崇尚力、宏大,抒情主体倾向于为大的群体(民族、阶级等)发声,如郭沫若,还有当代的郭小川、贺敬之;另一个是向个人情感、内心倾斜,表现幽曲的情感心理内容,语言也偏于柔美,如徐志摩、戴望舒、何其芳。作为当代主流诗歌的政治诗,就是崇尚力、宏大,为群体代言的一脉。而偏于柔美、个人情感心理的脉络在当代受到抑制,没有存在的合法性。诗人蔡其矫在当代的憋屈和遭遇说明了这一点。这种情况和苏联相似。《娘子谷》的作者叶夫图申科也是写"宏大"的政治诗的,他在60年代的《提前撰写的自传》中说,"内心抒情诗在斯大林时代几乎是禁果",而在50年代文学解冻之后"开始冲破了堤坝,充满了几乎所有报刊的版面",是文学"解冻"的标志之一。卞之琳说的两个不同诗歌类型,在苏联分别被比喻为长笛和冲锋号,后者是"大声疾呼"派(诗风强悍,着眼于重大政治题材,又称"响"派),前者则是"悄声细语"派(又称"静"派)。阿赫玛杜琳娜的《深夜》,收在"黄皮书"《〈娘子谷〉及其他》里,其中写道:穿过沉睡的城市走到"你的窗前",我"要用手掌遮住街头的喧闹","要守护你的美梦,直到天明"。舒婷这个时期也有类似的句子,只不过身份发生了转换:"用你宽宽的手掌/暂时/覆盖我吧/现在我可以做梦了吗"(《会唱歌的鸢尾花》)。

　　由于读者和诗界对浪漫派诗歌的主题和艺术方法并不陌生,也由于曾经生活在情感"荒漠"之中的人们渴望爱和抚慰,这种特殊的环境,让舒婷的诗得到广泛呼应:感伤、憧憬、迷茫、叹息和欢乐,成为一个时期的"情感气候"。而这些曲折的情感、心理内容,舒婷常采用假设、让步、转折等句式来表现:"不是……而是""虽然……但是""与其……不如""如果……""也许……"等。如"无垠的大海/纵有辽远的疆域/咫尺之内/却丧失了最后的力量"(《船》);"为

第十二讲　新诗潮:寻找新的符号系统　203

了留住你渐渐隐去的身影，/虽然晨曦已把梦剪成烟缕，/我还是久久不敢睁开眼睛"(《母亲》)；"与其在悬崖上展览千年，/不如在爱人怀里痛哭一晚"(《神女峰》)；"也许有一个约会，/至今尚未如期；/也许有一次热恋，/永不能相许"(《四月的黄昏》)；"也许藏有一个重洋，/但流出来，只是两颗泪珠"(《思念》)；"也许燃尽生命烛照黑暗，身边却没有取暖之火"(《也许》)；"如果你是火/我愿是炭/想这样安慰你/然而我不敢"，"如果你是树/我就是土壤/想这样提醒你/然而我不敢"(《赠》)……泰戈尔倒是交代了"不敢"的原因："我想对你说出我要说的最深的话语，我不敢，我怕你哂笑"，"我想对你说出我要说的最真的话语，我不敢，我怕得不到相当的报酬"(《园丁集》)。

　　明白有明白的好处，朦胧也有朦胧的优点。这种选择、转折的句式，在舒婷的有些诗里，甚至扩大为整体结构，构成对比的关系，如《致大海》《秋夜送友》《中秋夜》《自画像》《四月的黄昏》《也许》《馈赠》《雨别》《在诗歌的十字架上》等都是这样。这可能是表现"情感的动态形式"的需要。她最具持久影响力的作品是《致橡树》《惠安女子》《神女峰》，都是采用宣言式的语气、句式，表达个体特别是女性人格的独立、尊严，以及为实现这一目标抗争的决心。不过她的诗的"抒情主体"也表示了需要庇护、依托的渴望，"我不怕在你面前显得弱小，……世界在你的身后，有一个安全空隙"；

"要有坚实的肩膀，/能靠上疲倦的头，/需要有一双手，/来支持最沉重的时刻"（《会唱歌的鸢尾花》）；"流浪的双足已经疲倦/把头靠在群山的肩上"（《还乡》）……舒婷自己说，"我非常喜欢杰克·伦敦的《海狼》《雪虎》，喜欢海明威的作品，在笔记上抄遍无数关于强者的名言警句，实际上我始终并不坚强"；"无论在感情上，生活中，我都是个普通女人"，"如果可能，我确实想做个贤妻良母"。

《今天》与诗歌民刊

"新诗潮"中影响力最大的是北岛（赵振开）。高中毕业之后他没有下乡插队，而是当了建筑工人。他和芒克等创办的《今天》杂志，从1978年12月到1980年9月间被迫停刊共9期。《今天》因为没有在国家出版管理机构登记注册，最初被称为"地下刊物"，现在的通行说法是"民间诗刊"（民刊）。它开创了此后几十年中国大陆诗歌"民刊"的"小传统"（西川语），其中最兴盛的时期是在八九十年代，当时自印诗集也很普遍。90年代之后，《今天》先在美国爱荷华，后在香港重新出版。虽然使用同一刊名，主要主持者也是北岛，但不同时期的《今天》可否看作同一刊物，对此人们拥有不同看法。一些人倾向在承认它们密切关联的情况下，将其看作不同刊物；而北岛等显然是强调它们的延续性、同一性。但事实上，2012年出版的《今天》第100期纪念专号，就是将1978年底到1980年的《今天》统计在内。李欧梵在纪念专号上的文章也认可这一点，在引了波德莱尔的话"现代性是短暂的、临时的、瞬间即逝的；它是艺术的一半，另一半是永久的、不变的"之后，他说："当《今天》以油印的大字报形式（其实不是大字报，最开始是蜡纸刻写、后来是打字油印的16开本刊物。最开始曾以单页方式在重要公共场所，如人民日报社门口报栏、中国作协门口、北京大学及人民大学校园拆开张贴——引者注）第一次出现时，谁会预料到它竟然能如此持久？从20世纪直到21世纪的今天！反而我觉得我们生活的现在是短暂的，临时的，瞬间即逝。《今天》杂志已经成为历史上的里程碑。"强调《今天》的影响力是对的。七八十年代之交的《今天》，与90年代后在境外出版的《今天》，有密切关联，但我倾向于不把它们看成同一刊物。这里有性质、风格上的区别。后来的《今天》有精致的、预想成为李欧梵说的那种"永远"的"经典化"的定位，修补了当初的粗糙，也多少失去了当初的活力。另外，因为这一精英定位，和在美国和中国香港出版的各种条件限制，作者和读者成了小圈子，内地一般读者却很难读到，这也使他们一定程度上脱离、疏离了内地的文化/诗歌实践和问题。这其实不是北岛等诗人个人面对的问题。90年代之后，有一些诗人生活在国外,而他们还是用汉语写作,预期读者是懂汉语的读者,但是却难以和国内更广大、复杂的诗歌界取得有效关联。这是一个值得讨论的诗歌现象。

北岛的诗及其评价

北岛70年代末到80年代中期的诗有强烈的政治批判性,高亢的声调和决绝的姿态有很大的震撼效应。像《回答》直白的"我——不——相——信",用破折号以延长声音的否定句,当时确是振聋发聩。诗人柏桦当年就读广州外语学院,他用了"震荡"这个词来描述他和许多人的感受,说"那震荡也在广州各高校引起反应";"一首诗可以此起彼伏形成浩瀚的心灵的风波,这对于今天的年轻人来说也许显得不太真实或不可思议"。柏桦这里说到当年的有一定普遍性的反应,也说到时间对这种反应的磨损——这个问题下面还要谈到。在关于"朦胧诗"的论争中,对北岛持批评、否定观点的,除了认为他的诗晦涩外,主要是认为他的诗表达、宣扬了虚无主义。我觉得柏桦、骆一禾说得对,这是一种献身的激情:对"自我"的召唤,在反抗中的浪漫理想和英雄幻觉,是一种"创世纪"精神。

北岛这个时期的诗的艺术方式,主要是将个人在特定情境中的境遇、体验，转化为具有政治内涵的象征，并以密集的象征性意象来结构作品，这些密集的意象形成具有对比或对抗意义的意象群。这些意象一方面是人道、理想世界的象征物，延续浪漫主义诗歌的传统，它们大多来自自然界，如天空、鲜花、红玫瑰、橘子、土地、野百合，带有和谐（人与人、人与环境）的正面的价值含义。另一方面，则有批判、否定的意味，如网、生锈的铁栅栏、颓败的墙、古寺等。后来有批评家认为，北岛这个时期诗歌的高亢、宏大，是从他要反叛的先辈那里学来的——这个说法没有错，因为有所反叛，也必定有所承续。密集的象征性意象的使用，其实也是当代政治诗的一个重要特征，只不过与贺敬之等相比，其象征意象的构成方式有很大变异。《回答》中的"告诉你吧，世界……"也会让我们想起《回答今日的世界》（贺敬之，1965）：向"世界"发言、宣告，确实宏大，具有英雄气概。但是，其间的区别是明显的。它们对现实、历史的不同理解是一个方面，而象征性意象更具"个人性"是另一特征。更重要的区别，还有北岛诗中呈现的悖谬、悲剧情境，这是当代诗所罕见的。李欧梵在研究鲁迅的文章中，曾引用查尔斯·阿尔伯的论述，谈到《野草》的"悖论式"情境。它的主要结构原理是意象的对称和平行的对立两极的交互作用（《当代英语世界的鲁迅研究》，乐黛云编，江西人民出版社1993年）。比如，"当我沉默着的时候，我觉得充实；我将开口，同时感到空虚","于浩歌狂热之际中寒；于天上看见深渊。于一切眼中看见无所有；于无所希望中得救","抉心自食，欲知本味。创痛酷烈，本味何能知？","死尸在坟中坐起，口唇不动，然而说，'待我成灰时，你将见我的微笑'……"这是一种互否的结构。北岛这个时期的诗也有类似的悖谬式结构，如"卑鄙是卑鄙者的通行证，／高尚是高尚者的墓志铭"，"一切欢乐都没有微笑／一切苦难都没有泪痕"，"走向冬天／在江河冻结的地方／道路开始流动"，"岁月并没有从此中断／沉船正生火待发／重新点燃红珊瑚的火焰"。"红珊瑚"与"火焰"的联结，有可能来自，至少是让我们联想起《野草·死火》，我坠在冰谷中，"四旁无不冰冷、青白，而青白的冰上，却有红影无数，纠结如珊瑚网"；"有炎炎的形，但毫不摇动，全体冰结，像珊瑚枝"。既是燃烧、生命勃发，也是冻结、死灭。这种不同价值内涵和情感趋向的意象并置、纠结的诗歌方法，在北岛的诗里，展现的是两方面的状况：一是人的现实处境，一是人自身的行动和内心。从前面一点说，在当时，北岛比其他的诗人都更坚决地指认和描绘生活、历史的某种荒谬、"倒置"的性质。从后一方面说，他提示了处于这一时空中的个人，在争取个人和民族"更生"的努力中，前景的不确定和内心难解的紧张冲突。当然，鲁迅在《野草》中表达的思考、体验比北岛诗中的"悖论"，要复杂、深广；它的悖谬和绝望似乎更为深彻，是直面生存的困境的。

和许多作品一样，北岛这个时期的诗后来在评价和诠释上，也发生了许多变化。正如一位批评家说的，文学作品往往随着历史环境的变化，获得各种不同的诠释，而且也发生人气荣枯的变化（伊格尔顿《如何阅读文学》，台北商周出版社2014年）。北岛的诗也一样。这与时间有关，也与不同的文化环境、个人的美学趣味有关。前面提到柏桦的话，说他们那个时候的"震动"，"对于今天的年轻人来说也许显得不太真实或不可思议"——这些话说在90年代之后，这里就提出时间，还有不同的历史处境的问题。确实，后来的批评家在认可北岛诗的历史意义的前提下，也对他的艺术方式有所质疑。比如，认为反叛者的声音、姿态是对父辈的模仿（张闳），认为他的姿态表现了对事物的绝对阐释权（敬文东）等。李欧梵说得对，北岛他们强调"今天"，在他们那里，今天是"现时"，而不是"现实"，不是"写实主义"。"现时"，就是要确立自身的社会位置，有重要的话要说，有关于社会历史的反叛性的"真理"要表达、宣告。这构成了当年那些激动人心、而后来会被认为"真理在握"的宣言、判断的句式："告诉你吧，世界"，"谁期待，谁就是罪人"，"在没有英雄的年代里／我只想做一个人"，"我要到对岸去"，"其实难于想象的／并不是黑暗，而是早晨／灯光将怎样延续下去"……确实，90年代之后的诗人很少再使用这种判断、宣言的句式,这是诗歌观念的变化,也是时代的不同烙印。在那个时间的北岛眼里,世界是黑白分明的,而后来的诗人看到的,可能是暧昧、界限不清的灰色,而且似乎也没有什么重要的东西要宣告。

对北岛诗的争议还来自国外的汉学界。热爱中国古典诗歌特别是唐诗的宇文所安教授,在读了北岛诗的英译本《八月的梦游者》之后认为,北岛的写作是对西方诗歌的模仿,批评北岛诗的"滥情"倾向,说它们失去了中国诗歌的特质。这引起北美学者奚密、周蕾的反驳,她们认为宇文所安对北岛诗的这种指责,正好反映了西方对中国诗歌的那种"本质主义"想象,无视中国20世纪以来的经验和与历史情境关联的诗歌方式。这些争论值得我们继续思考。

第十三讲

拒绝的诗歌美学

历史和现实经验,感受、认知,尽力融进"血液"之中,借助语言的爆发、升腾,生成另一种新的图像。

两种不同的"表达"

在"朦胧诗"的范围里,不同诗人的艺术倾向就存在差异,而后来,大致是1982、1983年之后,青年诗歌的面貌发生了一些变化,出现了"第三代诗"的说法。关于这个问题,我和程光炜合编的《第三代诗新编·序》(长江文艺出版社2006年)中曾做了描述。在"朦胧诗"和"'崛起'论"受到批判的1983年,《今天》作为"诗群"已不存在,"朦胧诗"的势头也已衰减。"衰减"的原因,部分在于"朦胧诗"影响的扩大所带来的模仿和复制;而"朦胧诗"过早的"经典化"也造成对其自身的损害;加上艺术创新者普遍存在的时间焦虑,也加强了他们尽快翻过这一页的冲动。受惠于"朦胧诗",而对中国新诗有更高期待的"更年轻的一代"认为,"朦胧诗"虽然开启了探索的前景,但远不是终结;他们需要反抗和超越。

在这样的情势下,一种与"朦胧诗"有别的"新的诗歌"应运而生。关于这一诗歌出现的社会、艺术背景,我曾做过一些说明。一是社会生活"世俗化"的程度加速,高涨的政治情绪已有所滑落,读者对诗的想象也发生变化。另外,"朦胧诗"的后续者大多出生于60年代,他们的生活经验,和"朦胧诗"所表达的政治伦理判断不尽相同;也不大可能热衷于"朦胧诗"那种雄辩、诘问、宣告的浪漫模式。而在80年代中期前后,"纯文学""纯诗"的想象,成为文学界创新力量的主要目标之一。这种想象,在当时的历史语境中,既带有"对抗"的政治性含义,也表达了文学(诗)因为与"政治"长久过多的缠绕而谋求"减压"的愿望,表现了对诗歌美学的新见解:"回到"诗歌"自身","回到"语言,"回到"个体的"日常生活"与"生命意识",成为新的关注点。这些意义含混的口号,成为"新诗潮"在这一时期的新的支撑点。和"朦胧诗"一样,这种先锋性的诗歌探索,也以组织社团、创办刊物的活动方式进行。只不过,诗歌运动活跃的地域出现了转移。"朦胧诗"运动的区域,是以北京为中心的北方;之后的探索者的出身和活动地，则主要在南方，如东南沿海的南京、上海，西南的云南、贵州，特别是四川；出生和活动于四川的年轻诗人，在80年代中期的诗歌运动中展现出的能量令人瞩目。这种"新的诗歌"在开放个体的体验、开放写作的思想艺术资源上，继续了"朦胧诗"的路线。不过，也发生了一些重要变化。从整体特征而言，"朦胧诗"从更侧重于社会性情感、意志的表达，让位于对个体的日常情感、经验的更多关注。在情感上偏于高亢、理性、浪漫、激情，节奏上偏于急促的"朦胧诗"之后，诗歌革新的推进需要更多的因素作为动力：比如世俗美学的传统，现代都市生存境遇的经验，对日常生活的更为细致的感受力，还有对包含口语在内的现代汉语活力的挖掘、发现等。敏感、生活阴影和细节、内向性、回归质朴平易、反讽调侃……这一切都为推进这场"运动"继续"飞行"提供了新的（当然并非唯一的）想象力。

我们可以比较北岛的《回答》和柏桦的《表达》来说明这一点。据研究者考证，从1972年到1976年，《回答》大约存在六种不同版本（陈昶《〈回答〉的版本问题与1970年代北岛的诗学转向》，《文艺争鸣》2023年第二期），就是说北岛不断在进行修改。这里使用的是大家熟悉、也可以说是"定稿"的1976年本，它的第三、四节是：

第十三讲　拒绝的诗歌美学　217

我来到这个世界上,
只带着纸、绳索和身影,
为了在审判之前,
宣读那些被判决的声音。

告诉你吧,世界
我——不——相——信!
纵使你脚下有一千名挑战者,
那就把我算作第一千零一名。

柏桦的《表达》的开头则是:

我要表达一种情绪
一种白色的情绪
这情绪不会说话
你也不能感觉到它的存在
但它存在
来自另一个星球

这种情绪被"表达"为"凄凉而美丽/拖着一条长长的影子/可就是找不到另一个可以交谈的影子"。同样来自四川的诗人钟鸣、张枣都谈过《表达》这首诗。钟鸣说,它没有70

年代末到80年代初那种启蒙主义式的东西，也不是那种简单的反叛，"它是某种感觉和某种更深的情绪，带有遗忘而试图恢复的特征，南方式的多愁善感和厌烦"（《旁观者》第二册，海南出版社1998年）。张枣更具体地拿它跟北岛的《回答》做对比，说这是两种不同诗歌观念"对称"的体现：

> 虽然两者都是关涉言说的，但一个是外向的，另一个却内倾；北岛更关心言说对社会的感召力，并坚信言说的正确性；柏桦想要的是言说对个人内心的抚慰作用，质疑表达的可能。

——张枣为柏桦《左边：毛泽东时代的抒情诗人》写的序《销魂》，香港牛津大学出版社2001年

不过，这种不同并非绝对，毕竟诗人的体验和心性有相同的地方。《表达》也不纯然"内倾"，只关注对个人心灵的抚慰，它同样有一种外向的关切：

> 还有那些哭声
> 那些不可言喻的哭声
> 中国的儿女在古城下哭泣过
> 基督忠实的儿女在耶路撒冷哭泣过

千千万万的人在广岛死去了
日本人曾哭泣过
那些殉难者，那些怯懦者也哭泣过
可这一切都很难被理解。

这让人想起冯至40年代初同样"内倾"的《十四行集》。冯至写道："我时常看见在原野里／一个村童，或一个农妇／向着无语的晴空啼哭"。这种"外向"的关切，根源于作为不同个体的不同"河水"，还是有同样的"源头"，"有同样的惊醒／在我们的心头／是同样的运命／在我们的肩头"。柏桦质疑表达的可能，不过，如果绝对地否认这一可能，也就不会有《表达》。

前面说过，与"朦胧诗"不同的写作主要出现在1982、1983年之后，写作者大多出生、生活在四川和东南沿海；也就是宽泛意义上的"南方"。"代表性"作品除《表达》外，还有张枣的《镜中》，翟永明的《静安庄》《女人》，陈东东的《雨中的马》，吕德安的《沃角的夜和女人》，于坚的《尚义街六号》，韩东的《有关大雁塔》《温柔的部分》等。这些诗人许多是1977年恢复高考之后的大学生。在诗歌文化资源上，他们具有更开阔的优势。"只要想起一生中后悔的事／梅花便落了下来／比如看她游泳到河的另一岸／比如登上一株松木梯子……"（张枣《镜中》），"穿黑裙的女人夤夜而来/她秘密的一瞥使我精疲力竭"（翟永明《女人》）……还有韩东、于坚那种关注日常生活，使用口语，"放逐"副词、形容词的"旁观者"冷静叙述风格……这些写作区分的主要对象是北岛等的诗歌"范式"，显示了先锋艺术强调"断裂"，强调差异的策略。不过，正如批评家后来指出的："'第三代诗'恰恰是在饱吸了北岛们的汁液后，渐渐羽毛丰满别铸一格的"（陈超《第三代诗的发生和发展》，见《打开诗的漂流瓶》，河北教育出版社2003年）。因此，如果从较长的时间跨度来审视，在指出这些作品彼此之间差异的前提下，把它们共同归入80年代新诗潮的范畴之内，这是具有合理性的。

"技巧是对诗歌真诚的考验"

不同"面孔"的差异，一个重要的方面体现在启蒙意识的强弱与浓淡上。这和时间有关，也为写作者与当代史的不同关系所影响。还有一个因素是地域上的，如东南沿海地区的传统"文人气"，南方潮湿、幽暗、炎热的气候对人的性格、气质的影响……这样，新诗潮从侧重于社会性情感、意志的表达，转移到偏重对个体日常经验、情感的关注。在高亢、理性、浪漫激情、急促节奏的实验之后，另辟蹊径的诗歌革新者引入了世俗美学传统、现代都市生存境遇的经验、更为细致的感受力,以及对包含口语在内的现代汉语活力的更多挖掘。特别要提出的是,"孜孜不倦的求索精神"还表现在诗歌技艺重要性的提出——"技巧是对诗歌真诚的考验!"(1985年柏桦、张枣、周忠陵等创办的《日日新》诗刊《编者的话》)。不过,这种内向、更多包含个人经验、"以技巧的态度来对待诗歌的创新精神"的主张和创作,在80年代没有引起广泛关注,也不可能成为"主流"。那不是倡导技艺的合适时间(其实后来大多数时间里也不是)。这些说出"技艺考验真诚"的人,大抵是自视身怀绝技,无视"诗坛"泡沫的骄傲者。他们相信时间的裁决,并寻觅、等待"最高倾听者"(布罗茨基评茨维塔耶娃)的知音的出现,因此,他们的主张、他们写的诗,当时(以及后来)只能在小圈子里发酵,引发共鸣,如后来张枣的诗中写的:

> 我更不想以假乱真;
> 只因技艺纯熟(天生的)
> 我之于他才如此陌生。

——张枣《灯芯绒幸福的舞蹈》

迟到的多多

前文提及的"新诗潮"中呈现多副面孔的"第三代诗",与北岛等诗人存在时间维度上的差异;而接下来要阐述的,则是与北岛处于同一时期的诗人群体之间所存在的另一种性质的差异。主要分析多多的情况。多多本名栗世徵,和芒克、根子等人"文革"期间到河北安新县的白洋淀"插队",1972年开始写诗,属于新诗潮的"元老"辈。但至少在80年代中期之前,他在诗界几乎默默无闻,他是"迟到"的诗人。我第一次读到他的诗,是从老木1985年编的《新诗潮诗集》(北大五四文学社内部出版)上,里面收了他的30多首诗。记得当时我在北大课堂讲当代诗歌课,下课时老木对我说,他发现了一个"很棒"的诗人,不过没有告诉我名字。80年代中后期(具体时间已无法落实),北大学生请北岛、顾城、芒克、多多到学校座谈,学生踊跃向北岛、顾城、芒克提问,没有人理睬多多,骄傲的他被冷落在一边,差点中途退场。多多的诗集在国内很晚才出版(不包括自印诗集),迟至90年代末到新世纪初,才有一本《阿姆斯特丹的河流》(北岳文艺出版社2000年)面世。当然,现在他已经有多部诗集出版,包括带有确立经典意味的人民文学出版社"蓝星诗库"的《多多的诗》(2012)、作家出版社"标准诗丛"的《诺言:多多集1972—2012》(2013)等。

1988年，多多发表了《被埋葬的中国诗人》的文章(《开拓》1988年第三期，收入廖亦武主编的《沉沦的圣殿》，篇名改为"被埋葬的中国诗人（1972—1978）"；收入刘禾主编的《持灯的使者》时改为"1970—1978北京的地下诗坛")，讲了他对诗歌界在评价、确立的"秩序"上的不满。他说，"常常，我在烟摊上看到'大英雄'牌香烟时，会有一种冲动：我所经历的一个时代的精英已被埋入历史，倒是一些孱弱者在今天飞上天空。因此，我除了把那个时代叙述出来别无它法"。他的这个概括，在我这样的"圈外人"的感觉中，似乎是言重了。这篇文章的价值是提供了当年诗歌的具体情况，所以，我比较认同"1970—1978北京的地下诗坛"这个篇名。

不过，多多确实在一个时期内被忽略、被无视。如果用比较"中性"的词，也可以说是"迟到"——这种现象在中外文学界并不罕见。综合多多的创作和80年代的政治、文学环境，"迟到"的原因可能有两个方面。一是多多的性格和他的诗歌观念。在80年代，新诗潮是以"运动"的方式展开的，各种诗歌社团、派别、宣言、民间诗刊、论争……吸引着人们的注意力。诗的质量自然是赢得读者的最重要条件，但要在这样的环境中引起注意，还需要通过结社、宣言、论争等手段。而这十年中，我们并未发现多多对各种思潮、流派的参与，这很大程度上是一种自觉。他后来解释过这样的选择，他说，诗人一定要有一种迷狂，就是强烈的自转，就像一个球，你的自转一放松，外界就进入，你就纳入公转，然后就绕着商业转，绕着什么转……简单地说，就是在复杂的、充满各种裹挟力量的文化环境中，艰难地保持一定的独立性。有批评家说这是"拒绝的美学"：拒绝权力、市场、虚荣以至"交流"，认识到某种交流的虚假性。当然，这是一种绝对的说法，完全脱离"公转"的"自转"既不现实也不可能。但多多确实在汹涌的潮流中试图保持某种独立性，为此他可能需要付出代价：一段时间甚至很长时间内不被关注。

多多"迟到"的另一原因，是他的诗不容易嵌入多数读者当年的思想、美学期待。读者不大能像跟北岛、舒婷的诗那样，跟多多的诗建立起比较顺畅的理解通道，获得"解码"的方式。他的诗的意象和想象方式更大胆，也更个人化。针对他的诗"难解"的普遍性反应，几年前在人民大学的一次座谈中，他曾引用德国学者弗里德里希的论述做了回答："对于有心读诗的人来说，在开始时可以给他的建议无非就是，让自己的眼睛努力适应笼罩着现代诗歌的晦暗"，要对现代诗歌的"晦暗难解"着迷；这是词语的魔力和神秘性发挥着不可抗拒的作用（《现代诗歌的结构：19世纪中期至20世纪中期的抒情诗》，译林出版社2010年中译本）。他还引了斯特拉文斯基在《音乐诗学》（脱胎于其1939年在哈佛大学"诺顿讲座"的六次讲座，上海音乐学院出版社2008年中译本《音乐诗学六讲》）中说到的"不和谐音"，一种不安、而非宁静的张力。

确实，读他的诗，特别是早期的诗，会联想起斯特拉文斯基《春之祭》的那种尖厉、不和谐、紧张的旋律。

"诗歌规训政治，艺术征服题材"

对多多的诗的评论中，有两个问题常被提及。一个是他的诗的"政治性"，另一个是"异国性"。政治性不是观察所有诗人的角度，却是观察80年代中国当代诗人的重要视点。在这个时期，诗与历史、现实政治的关系，牵引着读者、批评家的视线，而多多的诗在这方面有点暧昧不明。荷兰莱顿大学研究中国新诗潮的柯雷认为，早期多多的诗有强烈的政治性，但是80年代中期以后，这种"政治性"和"中国性"逐渐减弱。但奚密并不同意这一看法。确实，以多多、芒克为代表的所谓"白洋淀诗群"的诗存在着"异国性"，这是李宪瑜、柯雷等学者都指出过的，特别是多多70年代和80年代初的诗，那种情调，那种凛冽的寒意，孤独、忧郁和骄傲，以及使用的意象，都支持这一说法。他们这个时期的诗，几乎看不到生活的地域和风俗等细节（这和北岛、舒婷、顾城、食指的诗不同）。虽说是插队，但他们的生活可能仍保持着相对的封闭性，另外也和他们这个时间的阅读有关。他们的出身背景，使他们有获得被列为"禁书"的政治、文学书籍的条件，特别是西方现代文学和俄苏文学——这成为他们写作的重要灵感来源。李宪瑜在《中国新诗发展的一个重要环节——"白洋淀诗群"研究》（《北京大学学报》1999年第二期）中分析了这一现象。柯雷也指出了这一点。多多写有名为《日瓦戈医生》的诗，他的《手艺》是呼应茨维塔耶娃的。他早期诗的一些细节、意象，如白桦林、干酪、咖啡馆、开采硫磺的流放地、亚麻色头发的农妇、无声行进的雪橇、白房子上的孤烟……都很容易从俄国、苏联文学中得到印证。

不过，说80年代中期以后多多诗中的政治性和"中国性"减弱，还需要有进一步分析。事实上，可能应该理解为他更执着于以与其他诗人不同的诗歌方式写作。他一般不会直接将象征性意象对应现实现象和政治问题。也就是说，他尽力将历史和现实经验、感受、认知，融进"血液"之中，借助语言的爆发、升腾，生成另一种新的图像。确实，他没有直接处理政治性主题，也没有涉及"伤痕""反思"等潮流，但他的诗的经验、情绪、抗衡的激情来自这个时代的"教诲"："他们是误生的人。在误解人生的地点停留"，"他们的不幸，来自理想的不幸/但他们的痛苦却是自取的/是自觉让思想变得尖锐/并由于自觉而失血"，"和逃走的东西搏斗/并和无从记忆的东西/生活在一起"（《教诲——颓废的纪念》）。在历史、"政治性"问题上，王光明比较多多和北岛等

"今天派"的诗（参见《现代汉诗的百年演变》，河北人民出版社2003年），认为他的诗也有"今天派"的犀利，"今天派"的犀利体现在主题的英雄主义与感伤主义上，具有"说话者"面对世界和读者的直接性和抒情性。多多的诗"是以非常个人化的方式想象历史生活在心灵中溅起的风暴，创造一个比历史更真实的诗歌空间"；因此"他的诗既是政治性的，又是非政治性的，更准确地说，他用诗歌规训了政治，以艺术征服了题材"，就像他的《一个故事中有他全部的过去》写的，"所有的日子都挤进一个日子/因此，每一年都多了一天"。

比如《人民从干酪上站起》，你很难将这些晦暗的描述与具体现实情境直接关联：

> 歌声省略了革命的血腥
> 八月像一张残忍的弓
> 恶毒的儿子走出农舍
> 携带着烟草和干燥的喉咙
> 牲口被蒙上了野蛮的眼罩
> ……

多多在诗歌艺术、语言上有更高的自觉：他认为诗歌写作是一种"手艺"，虽说是对"现实"的拆散和"重建"，但是能（以至更强烈地）感受到现实的氛围、声音。与那些重视诗歌技艺的诗人一样,多多也写过"元诗",如《诗人》:"披着月光,我被拥为脆弱的帝王/听凭蜂群般的句子涌来/在我青春的躯体上推敲/他们挖掘着我,思考着我/它们让我一事无成";如《语言的制作来自厨房》:"要是语言的制作来自厨房/内心就是卧室/要是内心是卧室/妄想,就是卧室的主人"……在这里,语言自身的生命力,以及建立在"妄想"(他在另一地方称为"迷狂")之上的手艺被强调。在他看来,诗人既是脆弱的、无用的,但也是骄傲的、"无可救药的骄傲"。

我和奚密、吴晓东、姜涛、冷霜合编的《百年新诗选》下册《为美而想》(三联书店2015年),收入了多多的七首诗,导读是姜涛写的。他说,"他(多多)的诗较早回避了政治对抗性的抒情方式,倾向于在大自然严酷的背景中,书写阴郁而挣扎的生命感受。在修辞上,他擅长使用大跨度的经验组织,粉碎日常生活的外在痂壳,在一个句子中形成奇崛的、超现实的张力";他的"飞腾的想象,桀骜不驯的感受力,其实包含了更为丰富的历史内涵,尤其是对田野、马匹等农业自然文明的反复书写,不仅触及'文革'前后的集体性记忆,也呈现出流落异国之后,诗人力图挖掘自身文化根源的努力"。像胡桑等批评家指出的,多多的诗是不讲理、一意孤行的。词语之间处在对抗、互否、摩擦的关系中。如这样的句子:

北方闲置的田野有一张犁让我疼痛,当春天像一匹马倒下……

歌声是歌声伐光了的白桦林,寂静就像大雪急下
没有脚也没有脚步声的大地,也隆隆走动起来了
雪锹铲平了冬天的额头
河水的镣铐声
风暴掀起大地的四角,大地有着被狼吃掉最后一个孩子的寂静……

当然也有例外,偶然的时候,多多也会写温情、单纯、浪漫的诗。如西渡谈到的这首:"要是两辆电车相遇了/正像两匹驴子见了面/互相碰碰鼻子/先碰的准是我";"两只麦管四只眼睛/对着瞧呀瞧/准是你先笑"。西渡说,这让人想到海子的《给B的生日》:"秋天来到,一切难忘/好像两只羊羔在途中相遇/在运送太阳的途中相遇/碰碰鼻子和嘴"。不过,准确地说,应该是海子像多多的,因为多多写得要早些。当然,海子的诗似乎更空灵,更"童话"些。

第十四讲

"卑微者"的小片天空

> 强调典型、戏剧化,重视结构、冲突的叙事方式,是构建历史,安排生活的"积极性美学";相对而言,从容、随意的叙事方式,是一种放弃、与历史和政治疏离的美学。对戏剧化叙事的不信任,也可能蕴含着对明确的"历史规律"的不信任。

"现代抒情小说"

在当代作家中，汪曾祺是评价很高，也很稳定的小说、散文家。近年来，人民文学出版社组织专家学者，用八年时间，对他的小说、散文、戏剧、评论、书信等钩沉辑佚、考辨真伪、校勘注释，2019年出版了12卷的《汪曾祺全集》(季红真、刘伟主编)，受到了读者和研究者的欢迎。这二三十年来，研究他的论著很多。我知道他的名字是20世纪60年代初，当时《人民文学》发表了他的《羊舍一夕：四个孩子和一个夜晚》，给我的感觉是它与当时流行的写法，包括语言都有明显不同。北大中文系研究现代汉语语法和古文字学的朱德熙教授，在写作示范课上将这篇小说作为"范文"讲解。朱先生和汪曾祺是西南联大的同学，对他的创作十分欣赏。他在课堂上分析这篇小说的副标题"四个孩子和一个夜晚"，说"和"连接的是平等关系的事物，这里的运用显然"出格"；但正是这一用法，透露了作者的特别理解，他是将围绕人的时空、物件都看作是有生命的，是和人密切相关而且对等的对象。这提示了汪曾祺的"世界观"是进入他的文学世界的重要切入点。我虽然也有点喜欢他的作品，不过没有深入研究，这一讲主要介绍几位批评家、研究者的观点，再做一些补充。也就是采取"接着说"的方法。

汪曾祺作品很多，这里主要讨论《异秉》。在此之前，我们先把他的创作放到文学史上做一点讨论。80年代，当代研究界对汪曾祺小说的艺术范式，有一种寻根究底的冲动，试图寻找它们的源头，认为他80年代初发表、引起广泛好评的《受戒》《大淖记事》，和大量伤痕、反思、改革题材小说的写法明显有异，是对中国现代小说某一在当代中断的"传统"的接续。说起来，汪曾祺的小说、散文基本上是"忆旧"的性质，他的取材，与现当代的历史重大事变并没有直接关联；他关注的是平民百姓的日常生活，而且是他们生活中相对稳定的部分。这是一种"平静"。只不过，批评家和研究者总想将它们放置于"不平静"的时间之流中。这是批评、研究者的习性：是他们的"无理"，也是他们的"深刻"。

较早提出这个问题的是黄子平。他在《汪曾祺的意义》（刊于1989年《北京文学》第一期）中指出，汪曾祺80年代的小说接续了当代"十七年""文革"文学中断了的"现代抒情小说"。这一小说传统的代表性作品，他列举了鲁迅的《故乡》《社戏》，废名的《竹林的故事》，沈从文的《边城》，萧红的《呼兰河传》，师陀（芦焚）的《果城园记》等。黄子平说"现代抒情小说"的特征，是以童年回忆为视角，着意挖掘乡土平民生活的"人情美"。黄子平指出，这类小说在以阶级斗争为纲的年代自然趋于式微（也许孙犁的《山地回忆》《铁木前传》等是少数具有相近特点的作品——引者注），《受戒》《异秉》的发表，犹如地泉之涌出，使鲁迅所开辟的现代小说的各种源流（写实、讽刺、抒情）之一脉，得以赓续，汪曾祺是"回到最简朴最老实的价值基础线上"。这个看法，得到许多学者的认可，但也有学者提出异议。

80年代文学有潮流化现象，出现了各种思潮、流派、类型。批评界也习惯将某些作品归入某一思潮、类型，否则就好像它们失去了存在的根据。由于汪曾祺的小说大多写旧时代的生活，与乡土小镇民俗有关，写法上似乎也有点"旧小说"的踪影，有批评家便将它们归入"寻根文学"。也有批评家因为汪曾祺的某些作品具有沈从文式的风格，况且西南联大时期他是沈从文的学生，因此而将他称为"最后的京派作家"……这些说法不是没有根据,但也可能不是那么恰切。

20世纪40年代,特别是40年代后期,各种文学主张、流派中,革命、左翼文学理念影响扩大,逐渐居于主流、强势地位。这种理念强调文学作品要写重大斗争、冲突,写生活"本质";强调塑造正面、典型人物,结构上也向戏剧化、重视冲突的方向倾斜。茅盾、邵荃麟、胡风、姚雪垠等作家40年代的文论都有这样的强调。邵荃麟曾批评曹禺的《北京人》没有把人物矛盾"和整个社会的矛盾状势联系起来",没有把人物"放在极广阔的社会斗争中去锻炼,去发展";茅盾虽动情地给予《呼兰河传》许多赞美,但也认为它局限于"私生活的圈子","和广阔的进行着生死搏斗的大天地完全隔绝了",不能和广阔的斗争相联系。

不过,也有作家不认可这样的取向。他们提倡写日常生活,写小人物。这方面的论述,体现在芦焚(师陀)的《〈马兰〉成书后录》《〈江湖集〉编后记》,周作人《明治文学之追忆》,废名《莫须有先生坐飞机之后》等文章、作品中。他们针对文学写作的上述趋向,提倡一种不像小说的小说、"散文风"的小说,反对过度的安排设计。周作人在《明治文学之追忆》中说,他不大读小说,而"有些不大像小说的,随笔风的小说,我倒颇觉得有意思,其有结构有波澜的,仿佛是依照着美国版的小说作法而做出来的东西,反有点不耐烦看,似乎是安排下好的西洋景来等我们去做呆鸟,看了欢喜得出神"。他接着说,"废名在私信中有过这样的几句话,我想也有点道理:'我从前写小说,现在则不喜欢写小说,因为小说一方面也要真实——真实乃亲切,一方面又要结构,结构便近于一个骗局,在这些上面费了心思,文章乃更难得亲切了'。"废名在《莫须有先生坐飞机之后》里,借莫须有先生之口也讲了相近的意思,说他之所以喜欢散文,是散文写得自然,不在乎结构,说他简直还有心将以前所写的小说都给还原,即不装假;"写散文是很随便的,不比写小说十分用心,用心故不免做作的痕迹,随便则能随意流露"。莫须有先生举了鲁迅的《秋夜》为例:"他说他的院子里有两株树,再要说这两株树是什么树,一株是枣树,再想那一株也是枣树。如是他便作文章了。本是心理的过程,而结果成为句子的不平庸,也便是他的人不平庸。"说如果要写小说,便没有这样不在乎。总之,他们都主张一种散文体、随笔风的小说,提倡随意,不刻意经营做作。即使是左翼作家的张天翼,在《读〈儒林外史〉》中,也有这样的想法,说《儒林外史》不讲究结构,人物不必交代后来的情况,这种自然的写法、倒是更切合实在的人生;"一个人活了一辈子,他的活动、作为,以及他所接触的种种一切——难道都也像一般小说里所写的一样,有一个完整的结构么",作家并不想成为一个全知全能的上帝,"把这人生布置一个妥帖"。戏剧家焦菊隐(他翻译、导演过契诃夫的戏剧)也说,契诃夫的戏

第十四讲 "卑微者"的小片天空

剧、小说包含了抒情性，要理解他的作品，必须把寻求"舞台"的虚伪戏剧观铲除，必须懂得在剧本里去寻求真实的人生。汪曾祺40年代开始写小说，有多样的尝试，但也有突破短篇小说既定模式的明确意识。他说：

我们宁可一个短篇小说像诗，像散文，像戏，什么也不像也行，可是不大愿意它太像小说，那只有注定它的死灭。

——1947年《文学杂志》第二卷第一期《短篇小说的本质——在解鞋带和刷牙的时候之四》

他们讲这些话，都用不可置疑的口气，意味着即使不是唯一，也是最好的艺术方法。不过，我们不妨将它们看作某一艺术理念的申明，一种美学理想，针对、试图矫正的是当时占据主流地位的强势文学风尚、主张，而不必如"呆鸟"般地将其认作"真理性"的表述。事实上，不注重安排、结构的"随笔风"，也是另一种安排、结构。

虔诚的纳蕤思

最早有分量的评论汪曾祺作品的文章，是唐湜1948年写的《虔诚的纳蕤思汪曾祺》（收入《意度集》，平原出版社1950年；收入三联书店1989年《新意度集》时有修改，题目改为"虔诚的纳蕤思——谈汪曾祺的小说"。下面的引文据《意度集》）。唐湜80年代被归入"九叶诗人"群。他写诗，也写评论。《意度集》评论的有冯至、郑敏、穆旦、陈敬容、辛笛、杜运燮、莫洛的诗，和路翎、汪曾祺的小说。抛开对冯至的《十四行集》的评论不说，唐湜的评论可以看作是对"40年代作家"的一次"检阅"。这里说的"40年代作家"，指的是在40年代开始写作，并发表了有一定分量的作品，体现了这个时期文学特色的作家。当然，唐湜评述的也不是"40年代作家"的全部，譬如还有张爱玲、徐訏，以及根据地、解放区的诗人、作家未被涉及。不过毫无疑问，他将这些作家视为文学天空中出现的"严肃的星辰"。他的评述以诗人为主，小说作家则主要关注路翎、汪曾祺。相比而言，似乎对汪的评价更高。

唐湜在《虔诚的纳蕤思汪曾祺》中，敏锐且确切地勾勒了汪曾祺艺术的"要点"，也提示我们进入"汪曾祺世界"的路径。一是注意他在踏入"文坛"初始就已经有了开阔的"艺术渊源"，二是注意他在这样的背景中他的吸纳、选择的能力,这一吸纳、选择如何建立在历史、现实和个体心性的基点上。他用希腊神话中顾影自怜的纳蕤思来比喻汪曾祺,相信会让我们感到突兀。不过,唐湜的这一比喻,强调的不是自恋者,"虔诚"指的是对世间万物,特别是日常生活"小叶脉"的兴趣,是发自内心的细致的专注,比如汪曾祺40年代的自我陈述:让事物"事事表现自己","叩一口钟,让它发出声音,要绝对地写实","没有解释,没有说明,没有强调、对照、反驳……"在这里,正如布封所言,风格即是人;"抹杀"自己,放弃自我,细致、妥帖、质朴的文字,就是淳朴的"人世爱"。

唐湜在文章中说,"他跟我在上海南京路上兜圈子,说他很想'进入'上海去……可是他说他很悲哀,这上海跟他完全不合拍,他可以去做一个隐居的蒙田,却不能做一个巴黎的怪物左拉,这是实在的。他去坐过舞厅,可不及他在教书的中学对面的一间北方人开的小面馆坐着来得有趣。……他说他极爱乡村的得那份纯朴与生动,一些谷物的名称,譬如'下马看',全使他喜欢得入神……"唐湜的一个说法很有趣,也贴切:"路翎的'和爱'是扩张到物象的体外的,而汪曾祺的'和爱'是则收缩于物象的一举手一投足之内,不任意泛滥,却如溪流潺潺,不事挥霍。"——在《新意度集》中,这段话被改为"路翎的大爱是扩展到物象之外的,而汪曾祺的大爱则收缩于物象之内,一举手一投足之间,如溪流潺潺,不事挥霍"——汪曾祺也并不念念不忘意义的提升和抒发。唐湜使用了"一种近于职业性的满不在乎的熟习"的说法,也就是说这种关注不是外在的,不是当代提倡的那种"体验生活"、提炼主题的性质。"只有自觉地'忘我',才能使物我浑然合一,大我在广阔而众多的意象里自如地遨游"。这些描述,都确实揭示了这位作家的心性和他的艺术特质的核心。

当然,读唐湜40年代末的评述(那时汪曾祺并未达到八九十年代的那种成熟度),在赞赏的同时,也会感到爱之弥笃而稍有溢美。《意度集》文章的结尾有这样一段:

> 新文学运动开始以来,有两个相互不同的系列在向前发展,茅盾先生用全然西洋风的调子表现了中国社会的半殖民地的一面,而老舍先生用东方风富于人情味的幽默表现了中国社会的半封建的一面,但二者全只表现了巨大的社会面,甚至是图案式的社会现象,汪曾祺却表现了中国"人"——"人"与其背负着的感情的传统、思想的传统,在这方面,他给新文学打开了一个新的天地,树立了一个新的起点。

《新意度集》略有改动,而这些改动并非不重要,因此重新引在下文:

新文学运动开始以来，有两个相互不同的系列在向前发展，茅盾先生用西洋风的调子表现了中国社会的半殖民地的一面，而老舍先生用东方风、富于人情味的幽默表现了中国社会的半封建的一面，二者都表现了巨大的社会面，沈从文先生与他的学生汪曾祺却表现了中国"人"——"人"与他背负着的感情的传统、思想的传统。在这方面，他们给新文学打开了一个新的天地，树立了一个光辉的起点。

这里的差别，一是对茅盾、老舍的评价，另一是汪曾祺和沈从文的关系。

对小人物的敬意和尊重

接着，我们来看另一位批评家的观点。郜元宝在《汪曾祺论》(《文艺争鸣》2009年第八期)的长篇论文中谈到中国现代作家对汪曾祺的影响，说其实老舍比沈从文更大。又说，在80年代，《受戒》的反响超过《异秉》；"其实，《受戒》(包括后来的《大淖记事》)未脱沈从文影响，《异秉》则更多显示了汪曾祺的特色"；改写后的《异秉》"充分体现了他的追求：对普通人坚韧活泼的生命力和生活情味的敬意，对小人物无伤大雅的缺点的善意，洗尽新文艺腔，一丝不苟的白描，看似略不经意实则匠心独运的谋篇布局以及语言的精到、分寸、传神。《异秉》是汪曾祺复出之后的新起点"。这里，郜元宝指出两点：一点是艺术上，语言结构的白描，不经意却匠心独运；另一点是对普通人的敬意，对小人物的尊重。他说得很好："对于（小人物）生命的这种掺和着颓败的认真，混合着滑稽的庄严，调和了美丽的悲凉，汪曾祺并无一点轻视与嘲弄。相反，他的一丝不苟的笔墨，本身就显示出对这一群小人物的理解、同情甚至敬畏和礼赞。"当然，正如郜元宝所言，他也不是不明白平凡、以至"卑微"的人的弱点和弊端，但即使有揶揄、讥讽，他也是温和、宽厚、善意的，不是居高临下的、鄙视的立场。不过也要强调的是，叙述人的这种观照仍是"外部"视角，带有"士大夫"的态度：这里的"士大夫"不意味着傲视，他亲近各色人等、三教九流，但不会被三教九流的某种陋习侵染，他有自控力。

比起40年代的早期创作，80年代之后汪曾祺有重要的变化，这从作品的改写、重写中可以看到变化的轨迹。对他的改写、重写，研究界已有不少评论。如从1941年的《灯下》到1948年、1981年两个版本的《异秉》，如从他多次改写的《职业》等，都可以看到他对语言、对口语的运用更加纯熟、流畅，同时，欧化的、横断面的结构方式被散文化的叙述所取代。80年代之后的汪曾祺，不再有叫卖声"为古城悲哀的歌唱之最具表情者"（1947年《职业》）的那种形容。最为重要的是，他对平凡的小人物更加宽厚，更有将心比心的谅解和温暖，以及对他们尊严的维护。之所以发生这种变化，有年龄的因素，也是他经历了当代的各种悲剧、喜剧、悲喜剧之后的心灵结晶。因此，那个叫卖椒盐饼西洋糕的孩子，在80年代的改写中没有了调皮、刁恶和油滑，变得尽责，毫不贪玩，遇有唱花灯的，耍猴的，耍木脑壳戏的，从不挤进去看。语言描写也更纯熟，如写椒盐饼子，由"马蹄形面饼，弓处微厚平处削薄，烘得软软的，因有椒盐，颜色淡如秋天的银杏叶子"，变成了"发面饼，里面和了一点椒盐，一边稍厚，一边稍薄，形状像一把老式的木梳……"时态上，"进行时"变为回忆（陆成《"时态"与叙事——汪曾祺〈异禀〉的两个文本》《无言之美——孙玉石教授八十华诞纪念集》，北京十月文艺出版社2015年），这种回忆是修复性的时间体验，试图返回到人的"堕落"之前的那个时刻。这种美学蕴含着某种历史观，强调典型、戏剧化，重视结构、冲突的叙事方式，是构建历史、安排生活的"积极性美学"；相对而言，从容、随意的叙事方式，是一种放弃、与历史和政治疏离的美学。对戏剧化叙事的不信任，也可能蕴含着对明确的"历史规律"的不信任。

1986年上海《文汇月刊》第七期《与傅聪谈傅雷及其他》（胡伟民）中，傅聪说他父亲年轻的时候，更像贝多芬，而他自己"并不是很贝多芬的";如果说到斗争,"那种斗争是比较接近肖邦的。肖邦的斗争,过分迷恋于悲壮。肖邦是没有胜利的。贝多芬是德国人,德国人有一种胜利的信心、斯巴达克精神。肖邦是波兰民族的性格,同归于尽的悲剧性斗争,没有胜利,他的音乐里永远没有胜利"。傅聪说,我们往往被悲壮所迷恋,悲壮的境界,尽管在艺术上很美,可是在人生道路上,亲身经历它,却是很可怕的。项羽的"彼可取而代之",气概很大,但中国的毛病却在这句话里面出来了。人人都说"彼可取而代之"。少一点英雄,多一点凡人,老子讲"圣人不出"什么的,没有那么多圣人,也就没有那么多强盗了。我猜想,汪曾祺有时可能也会这样想——他并不沉湎于彻底改变世情的"斗争"。

汪曾祺的艺术也亲近契诃夫,他自己也谈到这一点。契诃夫是在40年代中国现代文学中发生潜在、广泛影响的作家。但比起契诃夫,汪曾祺80年代的创作有更多"亮色",不像契诃夫有时候那样"决绝无情"(汪曾祺也有决绝的时候,但那是极少的例外)。中国读者许多都知道《万卡》(汝龙译),九岁的万卡·茹科夫被送到鞋匠那里当学徒,在圣诞节的夜晚,他趁主人上教堂的时候,偷偷给祖父写信,诉说他受到的虐待:"我再也受不了啦⋯⋯带我离开这里吧,不然我就要死了⋯⋯"然后在信封上写着"寄交乡下祖父收"投入邮箱。这个孩子因有了美好的希望而睡熟了,在梦中,看见了一个炉灶。这种平淡、不动声色的叙述中深藏着冰冷的绝望。

汪曾祺不忍心这样做。他让王二去听说书，给那个叫卖西洋糕的小孩看马，保全堂学生意的孩子陈相公老是挨打，但汪曾祺给他一小片天空：

> 太阳出来时，把许先生切好的"饮片"，"跌"好的丸药，——都放在扁筛里，用头顶着，爬上梯子，到屋顶的晒台上放好；傍晚时再放下来。这是他一天最快乐的时候。他可以登高四望。看得见许多店铺和人家的房顶……看得见远处的绿树，绿树后面缓缓移动的帆。看得见鸽子，看得见飘动摇摆的风筝。到了七月，还可以看巧云。七月的云多变幻……那是真好看啊：灰的、白的、黄的、橘红的，镶着金边……此时的陈相公，真是古人所说的"心旷神怡"……

这是喜用白描的汪曾祺难得的抒情文字。既是写陈相公，也可以看作自白。给予平凡的小人物希望和温暖，也可能透露出他自己的孤独。在写给李国涛的信中说，"一个人不被人了解，未免寂寞，被人过于了解，这是可怕的事。我宁可对人躲得稍远一些"（《汪曾祺全集》第十二卷，人民文学出版社2019年版）。因此，或许他有时候会独自到屋顶去看云，看树，看飘动的风筝。

第十五讲

文学里的城市空间

> 这当然不是衡量一个作家的标准,但可以说是一个底线。"底线"位阶上意味着起码的低标准,其实在我们生活的年代,"底线"比高蹈的言辞要重要,也更难坚守。

作为一种文化现象

80年代文学中，许多重要作家，如莫言、张承志、史铁生、阿城……我们都没有讨论，自然不是他们不重要。这就是开头说的，在选择对象时，考虑的是能否提出当代文学的一些问题。这一讲谈王朔，也是出于这样的目的：他的小说创作，他的活动、产生的影响，都与80年代末和90年代初的重要文化现象有关；甚至从某种意义上来说，体现了这一时期思想、文化"转型"的一些征象。

他的小说，一度被称为是"京味文学"的赓续。不过他既与老舍不同，与80年代的林斤澜、陈建功、刘心武等的"京味文学",在取材、观念和艺术方法上也都不同,很难直接与他们联结在一起。他并不描写老北京的民俗旧风,也并不醉心于老北京的语言(他也没有这个条件)。他的写作是高度"政治化"的。在自我调侃的前提下(也可以看作是自我保护的盾牌),他对当代政治、知识权力和主流价值观的某些方面常有犀利的调侃和"解构",特别是"伪善"的知识人(学者、作家),更是经常成为他嘲讽的对象。王朔的创作和行为中有许多自相矛盾的现象。譬如说,他看不起流行文化、通俗小说,曾批评、嘲讽过金庸,但是他的许多作品和活动,又恰是大众、流行文化的一部分:他的不少小说就带有大众通俗小说的倾向,而热衷于影视改编和创作,更是体现了与商业、市场的联姻。事实上,他的广泛影响更主要来自电影和诸如《渴望》《编辑部的故事》等电视连续剧。1992年,北京华艺出版社出版了四卷本的《王朔文集》,也是打破了当代文集出版的成规。在五六十年代,在世作家只有少数"大家"有资格出版文集,如郭沫若、茅盾、巴金、老舍、叶圣陶等——《王朔文集》让"文集"出版进入了"平民化"时代。王朔也是当代最早"自动"(而非被迫)脱离"体制"的作家之一。自此,50年代初开始消失,不依附某一国家体制的自由写作者、撰稿人身份重新出现;他们的生存方式,犹如王蒙说的,"没有哪个单位给他发工资和提供医疗直至丧葬服务,我们的各级作家协会或文工团剧团的专业作家队伍中没有他的名字,对于我们的仍然是很可爱的铁饭碗铁交椅体制来说,他是一个0"——这种脱离"体制"(铁饭碗)的行为,在当时有某种"政治"含义,现在看当然只是不同"活法""生路"的选择。对王朔的评价也呈现两极分化的情况。在90年代初的"人文精神"大讨论中,他的写作和文化行为,与贾平凹的《废都》等,被当作人文精神失落的重要例证,都被批评以调侃和呼应商业化潮流来消解现实问题,是"痞子文学",甚至"流氓文学"。但他拥有大量读者(和观众),作家、批评家为他辩护的也大有人在,王蒙的《躲避崇高》(《读书》1993年第一期)就是著名的一例:

> 他拼命躲避庄严、神圣、伟大,也躲避他认为的酸溜溜的爱呀伤感呀什么的。他的小说的题目《玩的就是心跳》《千万别把我当人》《过把瘾就死》《顽主》《我是你爸爸》以及电视剧题目《爱你没商量》,在悲壮的作家们的眼光里实在像是小流氓小痞子的语言,与文学的崇高性实在不搭界。与主旋律不搭界,与任何一篇社论不搭界。他的第一人称的主人公与其朋友、哥们儿经常说谎,常有婚外的性关系,没有任何积极干社会主义的表现,而且常常牵连到一些犯罪或准犯罪案件中,受到警察、派出所、街道治安组织直到单位领导的怀疑审查,

并且满嘴俚语、粗话、小流氓的"行话"直到脏话。(当然，他们也没有有意地干过任何反党反社会主义或严重违法乱纪的事)。他指出"每个行当的人都有神化自己的本能冲动"，他宣称"其实一个元帅不过是一群平庸的士兵的平庸的头儿"，他明确指出："我一向反感信念过于执着的人。"

当代社会是个"站队"的社会；90年代初我也站在质疑王朔的队列里，对王蒙先生这些言论颇不满，就写了《文学"转向"与精神"溃败"》(《中华读书报》，1995年5月3日)一文。里面有这样的话：

> 以曾经被流徙于社会底层、对中国现实和下层民众有深刻体察的权威姿态，来宣扬一种认同现状和"流俗"的世界观，同时，站在这一立场上，对那些质疑现实、对精神性问题进行探索的作家，给以"虚飘""虚妄"的批评和讥嘲。他们既用提倡"宽容""实行费厄泼赖"，来对抗当代人为的社会争斗的后遗症，但同时也以此来消解精神领域中并非总能调和的对立，支持随波逐流，而为这种精神上的"转向"和"溃败"的合法性，事先准备了伏笔。

这些看法现在也没有翻转，但因为变老了，也经历了更多的事情，现在我大概不会这样"高蹈"。"崇高""伟大"当然值得尊崇，但是伪善空洞的说辞也让人不安和生厌。王朔那些真真假假的话中有一段说得不错："我前些年一直演一个北京流氓王朔，其实我不是。我是一个有美德的人，我的内心真的很美，我没害过人，没有对不起人。我没有欺负过比我弱小的人。"这当然不是衡量一个作家的标准，但也可以说是做人的一个底线。底线在位阶上意味着起码的低标准，其实在我们生活的年代，底线比高蹈言辞要重要，也更难坚守。

不同的"文革"视角和对象

王朔作品很多，长篇、中篇、短篇都有，还有许多散文、评论文章，质量参差不齐。有时候觉得读他的随笔散文会更有趣。在小说中，写于八九十年代之交的中篇《动物凶猛》（《收获》1991年第五期）应该是他最好的作品，他自己也这样认为（《过把瘾就死》《许爷》也被他列入）。它以第一人称的回叙方式，写北京这个"文化大革命"中发生地的一群都市特定身份的少年（所谓"大院孩子"）在"文革"中的生活情景。作品情绪饱满，叙述流畅，生活细节描述和心理刻画都有许多精妙的地方。分析、讨论这个作品的文章很多，下面只是几点补充性的感受。

首先是"文革"书写上的特殊性——这个问题许多文章都谈到过。特殊性是指与一般的"文革"叙述相比，它在描述的对象、时间上不同，也指视角和方式上的变化。从时间上来说，它写的是"文革"后期；当初的疯狂热度已经下降，"造反派"已明显疲惫，作为"革命"仪式的游行集会仍时有发生，但"下午的街头都是垂头丧气、偃旗息鼓往回走的工人和学生的队伍，烈日下密集的人群默不作声，一望无尽"。从描写对象来说，出现在《动物凶猛》中的主角，既不是作为革命对象的"走资派""反动权威"，也不是作为革命主力的工农造反派和红卫兵——这个时期的"革命小将"已被边缘化，成为"再教育"对象，被遣送、散落在偏远的山地或田间。小说的主人公是正上初中的少年，他们逃学、斗殴、游荡，叛逆而茫然、彷徨。"文革"发生时他们还是小学生，并未真正经历这次"史无前例"的"革命"的洗礼。程光炜在《读〈动物凶猛〉》(《文艺争鸣》2014年第四期)中说，"革命的力量在青年，而非少年，这是天定的真理。这些青年是《晚霞消失的时候》《波动》《公开的情书》和《伤痕》里的主人公。中国的'文革史'研究虽然在海外汉学和国内现代史领域取得了赫然成就，但被青年红卫兵和工人的巨大身影罩住的'少年'群体，这个被怀特称作'街角社会'(威廉·富特·怀特《街角社会：一个意大利人贫民区的社会结构》，黄育馥译，商务印书馆2013年）的社区仍'默不作声'，已不能说不是一个遗憾。从这个角度看，《动物凶猛》这篇小说可以说是眼光独具。"这是从小说人物身份上说。而且，小说的叙述者也主要是以"少年"的视角展开。

确实，《动物凶猛》展现了80年代"文革"叙事被忽略的层面。不过，其实也难以完全以"少年"的视角展开。小说开头叙述人"发誓"要老实地叙述真相，"还其本来面目"，小说临近结束却专门插入关于记忆、文字记叙虚构性的讨论，声称无法避免步入"编织和逻辑推导"的轨道，"还原真实"难以实现。这个交代的动机除了阻止读者将主人公过度"还原"为作者之外，更重要的是指明了经验现实和叙述现实之间的交织，以及必然会产生的裂痕。

文学与城市空间

另一个特点是"空间"上的。《动物凶猛》中人物的活动舞台是作为风暴发源地和中心的北京（另一个中心是上海）。这篇小说对主要人物活动空间的描述（作者也许并非很自觉），有学者做过这样的分析："在北京夏季的某一天，一个15岁的少年穿着当时流行的军装，骑着自行车，从东城区的一座军队大院门口开始跟踪一个叫'米兰'的女孩,向南到长安街上的北京火车站站口,跟着这个女孩乘坐的1路公共汽车,向西沿长安街经过北京饭店、天安门广场、电报大楼、西单,看到这个女孩在工会大楼站下车,然后继续向西骑行到木樨地向北拐,尾随步行的女孩,经过曾经的中国科学院、第二工业机械部、财政部与中国人民银行部行大楼所在地及其他一些街区,几乎跟女孩同时到达某栋机关宿舍楼前","这是中国政治权力的中心区域,是中国上层建筑及其制度的栖身之处,是国家想象的起源之地。因此,王朔的《动物凶猛》可以被看成是中国当代小说第一次进入到中国政治核心空间的表征"。(徐敏《王朔与"文革"后期的城市漫游:以〈动物凶猛〉为例》,《上海文化》2009年第一期)

这是《动物凶猛》临近结束时的描述。少年跟踪女孩时强烈的报复心理,与对经过地点的一一详细指认,两者之间在叙述上的裂痕,是前面我说到的当时感受与事后回顾两种不同时间的叠加、裂痕。其实,少年主人公每天上学都要沿着这一路线往返,在此之前却从未对这一"政治权力中心区域"有更多关注,实际上这个少年对这一中心区域并不在意,他没有"革命小将"红卫兵对这一政治权力中心的敏感和热忱。——这一关注,是回忆、追述者的关注。其实,《动物凶猛》对这一政治城市空间的呈现,并非作为权力中心,而是作为与人物活动息息相关的"街角";不是作为政治决策地的神秘场所，或者作为群众运动发生地的大学、广场。这既是时间的变化，也是人物及其活动空间转换的体现。

　　故事的主人公、叙述人居住在北京东城的某一军队干部家属"大院"。"大院"这个词所体现的空间，是北京50年代之后出现的特定的空间场所（也许别的城市也有，但不如北京这么突出和显要）。"大院"这个概念现在还无需解释，但过若干时日可能要花许多笔墨解释（我在台湾的清华大学上课，确实就需要这样做）。尽管作品中没有标明这个"大院"的名称和确切位置，但依据描述还是能得知，这个"北洋时期修建的中西合璧的要人府邸"就是东四仓南胡同5号院。北洋时期这里曾是段祺瑞的住所，后来俗称"老段府"；从50年代开始，成为军队总参的家属院。人物居住、活动的区域构成了小说中的街区图景："大院"里的楼房、平房、礼堂、假山、长廊，"大院"外的东四十条、东四六条、北小街、烧酒胡同、南弓匠胡同、南门仓胡同、吉兆胡同、演乐胡同、大水车胡同、灯市口、王府井南口，以及坐落在这些街区上的机构、饭店、商铺：外交部、北京军区总医院、人民文学出版社、六条小饭馆、和平西餐厅、儿童电影院、中国照相馆、王府井新华书店，还有穿行在这些街区的24路公交车……更重要的是与"街角"关联的生活细节：军队大院的特权空间，在那个时期作为特殊身份表征的军服，外表一模一样的五层、灰砖砌就的机关干部住宅楼，居室里大同小

第十五讲　文学里的城市空间　257

异的座椅、床铺的陈设,当年流行的"恒大""光荣""海河"牌香烟,"画着冰山的蓝盒冰激凌","老莫"(莫斯科餐厅)和新侨饭店,"二八"锰钢自行车,街上不多的红旗车和华沙牌(原苏联高尔基汽车厂出品,后引进到波兰)小汽车,主人公生日是罗马尼亚"祖国解放日"8月23日(王朔生日也是这一天。1944年罗共策动军人起义,暗号是"橡树,十万火急"),阅读《青春之歌》《牛虻》《钢铁是怎样炼成的》时特别关注其中"革命者和资产阶级妇女"的恋爱故事……

《动物凶猛》中对70年代这一特定时期"街角"生活的呈现,与80年代怀旧式"京味小说"中描写的北京城市图景大相径庭,使得"文革"时期的北京形象得到了有限程度的细部勾勒。正如有的学者指出的那样,80年代的"京味小说"中的理念是怀旧性质的,试图重现"老北京"的人情风俗。但是50年代之后,北京作为共和国政治文化中心,包括居民成分、建筑风貌、生活习俗、人际关系等都已经发生重大变化,这些都未能或被有意拒绝在"京味小说"中呈现。《动物凶猛》对这群"街角"少年的生活的描绘,整体上虽然"疏离"了"文革"的政治场景,但却从日常生活细节上"复现"了"政治"给这座城市刻下的印痕。

没有"文学中的城市",就失去"文学的城市"

之所以从这一角度来读《动物凶猛》,是因为50年代之后,当代叙事文学对城市空间的描写逐渐空疏化,或者回避故事发生的城市名称,或者让城市成为一个象征性符号(天安门、金水桥、中南海等等)。特定的街景、城市日常生活细节被无视或有意掩盖。当"文学中的城市"隐匿,也就不大可能有"文学的城市",不会有老舍的北京,不会有巴金、茅盾的上海……同样,正是因为欧阳山的《三家巷》描写了"旧时代"的生活,作家记忆中的广州才能有所呈现。

文学出现这一情形,一个原因是人的整体性的割裂。政治态度、政治活动成为最主要属性,与"儿女情、家务事"关联的街景、穿戴服饰、居住饮食等被当作无关紧要;另一个原因是作家在一定程度上失去了"虚构"的权利,文学作品中的描述往往就被当作生活的"真实"。这是一种"中世纪"式的观念:圣像就是神本人,因此,为了避免对号入座的追究和可能产生的政治方面的麻烦,故事发生地域(特别是重要城市、街区、场景)的模糊化是一个避险的选择。毕竟已经有了50年代《组织部新来的青年人》的先例——因为写了北京某区委的"官僚主义",批判者就认为党中央所在地都如此,作品是在表明"官僚主义"的普遍化。陈翔鹤大概不大了解当代在"风景"上的禁忌,1961年,他写陶渊明在某年的8月上庐山见慧远法师，慧远态度十分傲慢（《陶渊明写"挽歌"》），"文革"期间就被认定是影射、攻击1962年8月的庐山会议。90年代，大量"反腐""官场"小说均虚构地名，山川、景物、街道均含糊其辞，以避免引发对某省、某市、某部门"对号入座"的联想。然而，《风雅颂》（阎连科，2008）虽虚构了"燕清大学"的校名，仍让热爱北京大学的批评家伤心、愤怒。当代文学在空间上的禁忌，也被复杂、难以讲清究竟的现实主义"典型环境"论所支援。"典型环境"，或环境的"真实"问题，在当代文学中，是一堵重要的"防火墙"，用以隔离、阻挡可能导致读者质疑社会整体制度合法性的可能。

因此，《大学春秋》（康式昭、奎曾，1981）的故事发生在"中华大学"；《大学时代》（程树臻，1980）写的是"北方某工业大学"；《西苑草》（刘绍棠，1957）里的大学名为"西苑大学"和"东山大学"（当然，这种现象也不是"当代"才有的，钱锺书的《围城》里也有三间大学，为"钱学"家们增添了研究的项目）；《乘风破浪》（草明，1959）写的是"北方某工业基地"；《晚霞消失的时候》（礼平，1981）里你不会知道男女主人公第一次见面的公园的名字，而且其中还出现了在北京无法找到的"灵隐胡同"……

并不阳光的失重、虚空感

《动物凶猛》在如何"正确"表现"文革"问题上引起了争论。不过,这一争论主要不是针对小说本身,主要是针对改编的电影《阳光灿烂的日子》。它既"忠实"于原作的那种个人化的、某一群体对历史的特定视角,让历史叙述"多元化",处理了"大历史"和"小历史"的关系,但也注入了新的因素,譬如说"阳光",譬如说"灿烂"。小说结尾写到的对米兰的跟踪、"报复",以及少年主人公在工人体育场游泳池的情景,显然是茫然的"失败者"的隐秘但真实的心理投射。这个表面看起来矜持、"满不吝"的少年,其实也脆弱、无奈,有一种失去坚实东西依托的绝望。因此,应该赞赏小说这个不怎么阳光、也不怎么灿烂的结尾。这个少年从五米跳台上入水之后:

> 在一片鸦雀无声和万念俱寂中我"砰"地溅落在水面。水浪以有力的冲击扑打着我,在我全身一朵朵炸开,一股股刀子般锋利的水柱刺入我的鼻腔、耳廓和柔软的腹部,如遭凌迟,顷刻彻底吞没了我,用刺骨的冰凉和无边的柔情接纳了我,拥抱了我。我在清澈透明的池底翻滚、爬行,恐惧地挥臂蹬腿,想摸着、踩着什么坚硬结实的东西,可手足所到之处,皆是一片温情脉脉

的空虚。能感到它们沉甸甸、柔韧的存在，可聚散无形，一把抓去，又眼睁睁地看着它们从指缝中泻出、溜走。……

我抽抽搭搭地哭了，边游边绝望地无声饮泣。

这是这篇小说精彩的一笔，是那场"革命"留给我们不限于单个人的失重感和虚空感。

第十六讲

结束语：承继与告别的难题

"自取"的痛苦和不放弃的"仍要找到"的自觉，以及不避挣扎的对虚假记忆的拆毁。

形式创造意义

这是最后一讲，讨论王安忆的两篇小说作为结束语，它们都发表于90年代初。一是《叔叔的故事》(《收获》1990年第六期，下面简称《故事》)，一是《乌托邦诗篇》(《钟山》1991年第5期，下面简称《诗篇》)。我把它们看作"姐妹篇"，因为虽然写的内容不同，但彼此之间有密切关系，构成呼应、对话的关系。它们是在"时代更替"的时刻对承继与背叛这一主题的不同变奏，或不同侧面的展开。前者涉及对虚妄事物的"拆解"，后者涉及精神重建的追寻。作品的叙述者没有张承志的自信、决断,在试图释放心理压力的拆解中并未获得快乐,而追寻重建时也深陷困惑之中。总之,都不是快乐的故事。

读这两篇作品,要关注"形式"的问题。正如有批评家指出的那样,"文本形式"在这里不仅是形式,甚至也不仅是形式与内容不可分离的那种理解;"所有那些思想上的深刻探索都正体现在作品的写作方式中,这方式不是一个容器,而是自身便产生着意义"(宋明炜《〈叔叔的故事〉与小说的艺术》,《文艺争鸣》1999年第五期)。它们的文本形式可以归纳为这样几点:一、叙述是文本的主导方式;二、叙述的多层性;三、叙述人与叙述对象的结构性关系。

先看《故事》。叙述者"我"的长辈(小说中用"叔叔"称呼),在50年代因为写了一篇关于一头驴子的文章,被认为是污蔑农民,成为"右派"下放劳动改造。他在苏北的小镇上娶妻生子,当了学校教员,经历了许多磨难。右派平反改正之后,由于发表了引起瞩目的作品,他成了知名作家,人生进入辉煌阶段,便与小镇里的妻子离婚。这些情节、故事,我们从不少当代作家的经历,也从80年代许多"复出"作家的作品中见识过,并不陌生。《故事》的不同之处是,它以某种反讽的意味复述这个读者已熟极而腻的故事,并有点残忍地让时来运转的"叔叔"失去了永远的得意和辉煌,让"叔叔"最后明白他的命运并非惬意的诗篇,真相是:"原先我以为自己是幸运者,如今却发现不是。"

《诗篇》写的是另一类型的"叔叔"。小说中的"我"已经是成功的作家,生活顺畅,井然有序,但在一次旅行堵车的偶然事件中,他突然感到生命出现了一次"受阻与中断",如"离轨的行星",失去了目标,便回过头来质疑原先生活的合理性。在关于生命意义的追问中,"我"通过对"海岛"上一个作家的关心和怀想——小说没有点明这位作家的姓名,但是读者都知道是陈映真——想以他为榜样来试图回答、解决这个问题。不过,这个追寻似乎也并不完满,"我"并没能得到有效的、可以信服的答案。

为什么表面看来不相干的两个中篇可以串联起来读?可以从几个方面来分析。第一,从小说的主旨上说,它们都讨论时代转换中承继和告别、背叛的问题,探讨个体与世界的关系。王安忆说,《故事》是对一个时代的检讨、总结,容纳了她多年来最饱满的情感和思想。她又在另一篇文章里说,"前辈,供我们承继,也供我们背叛"。它们都是"时代更替"的时刻,"孩子"因为曾经仰望的"前辈"形象坍塌而出现的精神困境和解决困境的追索;是承继与背叛主题的不同变奏,或不同侧面的展开。前者涉及对曾经是偶像的虚妄叙述的"拆解",后者涉及精神重建追寻的可能性。

第二,都采用第一人称叙事,叙述者"我"也常常替换为"孩子""孩子我"的称谓。叙述者不是冷静的旁观者,在作品中都扮演着叙述策动、编排和评论的角色。叙述来自一个重要的动机,这个动机是有关生活意义的问题。所以,《故事》开头这样交代:"我选择了一个我不胜任的故事来讲,甚至不顾失败的命运,因为讲故事的欲望是那么强烈,而除了这个不胜任的故事,我没有其他故事好讲。或者说,假如不将这个故事讲完,我就没法讲其他的故事。"

作为思想随笔的小说

第三,从体裁说,它们是"小说",不过,作为读者我也可以将它们当作思想随笔;这里涉及"跨文体"的问题。文体的迁移和交叉,在90年代初不是单一现象。面对晦暗不明的社会境况,和人们遭遇重大挫折发生的精神危机,以往既有的文体形式似乎难以有效承担探索、表达的需求。于是,出现了不像诗的诗(于坚《0档案》、西川《致敬》),出现了文学和历史边界的含混(张承志《心灵史》),出现了纪实对虚构的"入侵"(王安忆《故事》《诗篇》及《纪实与虚构》),出现了以词语构成小说的"人物"(韩少功《马桥词典》)……王安忆说,"叙述的方式"是她这个阶段写作的主要方式;"我以为叙述方式是小说真正的本质的方式。在这种方式中,我将人物的对话也作为叙述部分,以叙述来处理。任何景物的描写我都将其演化成叙述的存在,画面由叙述来处理,而不是直接展现,时间和空间的秩序也以叙述的条件为原则。"(《近年创作谈》,见《随笔集》,中国华侨出版社1995年)。"叙述"是否是小说真正的本质方式姑且不论,但重视叙述,将现代小说朝"讲故事"的方向靠拢,并在虚构的故事框架中嵌入"真实"的人、事——让生活和文本难以截然分判。这些,确实是她这个阶段写作要实现的抱负、所选择的艺术方法。她赋予叙述以"无限"的权力,可以聚拢、处理所需的广泛信息,打破叙述的时空限制,让各种情景、材料处于对比、互否、以至彼此拆解的关系中,模糊了虚构与写实的边界。她热衷的不是典型环境、典型人物,而是要对某个时代、某类人物进行概括;在这里,"纪实"展示了现实批评指向的犀利,"虚构"则面对"时代人格"思考的提升。"叙述"的功能和权力的扩张,也为叙述人留出了推论、阐释、评议的余地。这是我将王安忆这一类型作品看作特殊的思想随笔的原因。

重述让器皿碎裂一地

《故事》对80年代的"叔叔"们讲述的故事的解构,是通过重述、"仿作"来实现的。它将故事的构思、编造的过程置于"前台",借助对原有"故事"的仿作、改写,以及对情节的多种设计,因果的假设推论,来破除80年代"叔叔"对时代和自身历史的"真实反映"的幻觉。这是"多层叙述"。我们都知道,在80年代,许多复出作家都写作了以自己的经历为"底本"的"灾难小说",这些小说情节的基本模式是:灾难发生(因某篇文章,或有某种"异端"言论遭罪);灾难降临(被发配到偏远山区、农村劳动改造,忍饥挨饿);精神得救(底层民众,尤其是"民女"的同情和救赎);灾难解除(时来运转,落难者转化为"文化英雄")。王安忆的《故事》也是仿照这样的模式叙述。不过,她在重述、改写中,既改变了思想情感的基调,赋予了反讽意味,也改变了"叔叔"的幸福生活,让这种生活具有了悲剧性质。举一个大家熟知的小说中"叔叔"读书的场景为例(这样的情景也曾出现在包括《绿化树》在内的作品中):

> 我(章永璘)每晚吃完伙房打来的饭,就夹着《资本论》到她那里去读……我偶尔侧过头去,她(马缨花)会抬起美丽的眼睛给我一个会意的、娇媚的微笑。那容光焕发的脸,表明了她在这种气氛里得到了一种精神上的享受;她享受着一个女人的权利。后来,我才渐渐感觉到,她把有一个男人在她旁边正正经经地念书,当作由童年时的印象形成的一个憧憬,一个美丽的梦,也是

中国妇女的一个古老的传统的幻想。

王安忆的《故事》里,"精神享受"的所有权由男性主人公转移给了"妻子":

> 读书的时候,叔叔的心境是平静和愉快的。当他在灯下静静读书的时候,他妻子的心境也是平静和愉快的,一针针唑唑啦啦地纳着鞋底,看着他魁伟的背影猫似的伏在桌上,感到彻心的安慰。她想她降住了一条龙,喜气洋洋的。她温柔地想:我要待你好,我要一辈子,一辈子,一辈子地待你好!这样的夜晚总是很缠绵,直到东方欲晓。

不过,有着"世俗"生活逻辑的妻子,让妩媚、幻梦、温情脉脉的情景如掉落的器皿一样碎裂一地,击碎了章永璘从马缨花手中接过的"宝贵的馍馍",令他"心中便升起威尔第《安魂曲》的宏大规律"的悲壮、神圣的自恋:

> ……会有那么一天,当叔叔的妻子对他说:看书吧!叔叔突然地勃然大怒。他抬起胳膊将桌子上的书扫到地上,又一脚将桌前的椅子踢翻,咬牙切齿道:看书,看书,看你妈的书!……开始,叔叔的妻子惊呆了,吓

坏了，因为她没有想到叔叔还会有这么大的火气，……可是她仅仅只怔了一会儿工夫，就镇定下来。她不由得怒从中来，她将大宝朝床上一推，站到叔叔跟前，说："你有什么话尽管直接说，用不着这样指着桑树骂槐树；这个家有什么亏待你的地方，你如不满意尽可以走；烧你吃，做给你穿，我兄弟借书给你看，我妈这么大岁数给你带孩子，你有什么不满意的？你摆什么款儿？你拿上你的东西走好了，现在就！"

《故事》被看作是与80年代的告别，告别那个被称为"新启蒙"的时代，质疑了80年代以个体为中心的现代化的理想。不过需要补充的是，80年代并非一个没有裂痕的整体，事实上存在不同（这一不同也是由不同的叙述所构造）的80年代。80年代的"新启蒙"需要反思，而启蒙的任务也并未完结。事实上，《故事》的质疑、探索的强烈欲望的火种，恰恰就来自80年代个体的觉醒。《故事》所要"背叛"、拆解的，是强悍、自信但也孱弱的"叔叔"们塑造的那个时代图景，那种"历史终点"的意识。它尖锐地揭示了这些"幸运的人"其实不幸；揭示了那些熟读《资本论》，经历了血与火的淬炼，"在清水里浸泡三次，在血水中沐浴三次，在碱水里再煮三次"（《绿化树》的题词，出自阿·托尔斯泰《苦难的历程》）的、灵魂已经净化的曾经落难者，骨子里其实深藏着传统文人的优越感,他们一心想凭借知识以求闻达。"叔叔"的那种"红袖添香夜读书"的故事其实毫无创造性,延续的是塑造美丽温柔的女性"拯救者"以提升自己、自我宣扬的俗套。他们不肯勇敢承认"复出"之后"所获得的一切",成为"文化英雄","只是体制的一种威慑性的补偿",这种补偿,"在社会体制中甚至超出50年代的地位和声誉"(贺桂梅《人文学的想象力》,河南大学出版社2006年),他们不愿正视得到的"恩典","既是赐予或馈赠,又是威胁"这一事实(特雷西《诠释学、宗教、希望——多元性与含混性》,上海三联书店1998年)。他们也没有能正视,他们的写作不断重复渲染曾经的受害者身份,不厌其烦地采用自传性(或类乎自传性)的材料来维护自身受害者的"地位",是为了长期保持利益索取的权利。这正如一位学者分析的:

> 保留受害者角色比接受对受害者(假设伤害是真实的)的修好更有利,与短暂的满足不同,您保留着长期的优势,其他人对您的关注和承认就得到保证。……过去的伤害愈大,现在的权利愈大。

——托多罗夫2007年10月24日在北京大学世界文学研究所题为"恶的记忆,善的向往"的演讲,《跨文化交流》第二十三辑

另寻"拯救者"

在对这样的"叔叔"的洞察中,"孩子"的失望是理所当然的。这种失望对重视生活意义的"孩子"是"震撼性"的:他(她)不能没有可以依靠的传统,不能没有可以扎根的土壤,他(她)要执着地另寻生活的力量和信念。于是,在《诗篇》中,"孩子"找到一个人,那个海岛上的一个理想主义者。他也是个作家,怀着对世界未来的理想主义信仰,并从这一信仰出发来确立他克服现实缺陷的拯救态度和行动。叙述者"我"与"这个人"的关系,对他的精神的理解、接近,构成了"我"克服精神危机的凭借。"这个人"的思想行动、身为人的精神,成为"解救我的力量",他"使我处在一双假想的眼睛的注视之下",推动我对生命意义的寻找。这样,"孩子"的精神困境似乎获得了"拯救"。

不过,我们同样在《诗篇》中发现叙述的不确定性。小说也不是封闭式的解构。我们会发现,在以叙述为基础的展开方式中,存在着不同的时间点。它们以"当时""后来""成年之后""多年之后"来表征。小说经常出现这样的时间标识:"我现在回想""现在我想起来了""我现在觉得"……如小说写到"我"去美国爱荷华,"这个人"来机场接"我","他的眼睛很'仁慈'。'仁慈'是我成年之后逐渐找到的两个字,当时我是用'亲切'这两个字来替代的"。如写到"我"

对"这个人"的写"三角脸"的小说(指《将军族》)感兴趣的原因之后,说"这原因是我成年之后所总结的"。也就是说,对同一事件的情感、判断、感觉有不同时间点的变化。这些时间上的"当时"和"后来",又都是在写作、叙述的"现在"整理的,因此也包含着"现在"的评价和情感。这篇小说明确区分经验、感受的时间区分(这服务于小说讲述心理过程的需要),但又常常模糊了这种时间性。叙述上对时间点的强调和模糊,叙述语调上存在的不确定性,在表达确然的同时,也带来干扰,质疑了这种确信。可以说,《诗篇》也存在着不同的声音。"我"对这位具有乌托邦理想精神的前辈的信仰,也包含了疑惑和犹豫。不同的声音提出的问题是,没有乌托邦精神支持的生活是可能的吗?当时以感悟和信仰作为依托的理想是可靠的吗?因此,《诗篇》和《叔叔》一样,它们都不是快乐的故事,自然不快乐的性质各不相同。无论是背叛还是追寻,都充满挣扎,原先的榜样("叔叔")形象坍塌,新的偶像也未能坚实稳固。"我总是从他的期望旁边滑过去","我一直追索着他,结果只染上了他的失望";"我从来没有赶上过他,而他已经被时代抛在身后,成了掉队者,就好像理想国乌托邦,我们从来没有看见过他,却已经熟极而腻……"结论是:"我一直以为自己是快乐的孩子,却忽然明白其实不是。"

自取的痛苦

这好像是一个预言,此后二三十年中,理想主义"重建"的命题被一再提出,并不断困扰着一代又一代的"孩子"。这让人想起1976年的一首诗,尽管情境已经发生巨大变化,王安忆作品中"孩子"的生活境况和情感性质也与此很不相同,但是执着于寻找生活意义的追寻者的困惑却仍在延续。这首诗的关键词是"自觉",其中的一段是:

> 他们的不幸,来自理想的不幸
> 但他们的痛苦却是自取的
> 是自觉让思想变得尖锐
> 并由于自觉而失血
> 因而不能与传统和解
> 虽然在他们诞生之前
> 世界,早已不洁地存在很久了
> 他们却仍要找到
> 第一个发现"真理"的罪犯
> 以及拆毁记忆
> 所需要等待的时间

令人感动的是这种"自取"的痛苦,还有不放弃的"仍要找到"的自觉，以及不避挣扎的对虚假记忆的拆毁。只是《故事》中的"孩子"不知道是否会料想到，在讲述"叔叔"的故事的同时或稍后，"孩子"这一代的功成名就者也在90年代之后，大量重复他们曾经"反叛"的"叔叔"们的思想逻辑和行为方式，这种"自取"的"痛苦"也变得越来越稀缺。这种承继循环，真是难以挣脱的历史宿命，而"孩子"们总是要生活在这种拆毁记忆的痛苦中。

图书在版编目（CIP）数据

当代文学十六讲 / 洪子诚著. -- 上海 ：上海文艺出版社，2025(2025.9重印). -- ISBN 978-7-5321-9297-7

Ⅰ. I206.7

中国国家版本馆CIP数据核字第202561UR09号

责任编辑：张诗扬　景柯庆
装帧设计：陈小娟

书　　名：当代文学十六讲
作　　者：洪子诚
出　　版：上海世纪出版集团　　上海文艺出版社
地　　址：上海市闵行区号景路159弄A座2楼 201101
发　　行：上海文艺出版社发行中心
　　　　　上海市闵行区号景路159弄A座2楼206室 201101 www.ewen.co
印　　刷：上海盛通时代印刷有限公司
开　　本：1194×889　1/32
印　　张：9.125
插　　页：2
字　　数：167,000
印　　次：2025年8月第1版 2025年9月第2次印刷
ＩＳＢＮ：978-7-5321-9297-7/I.7292
定　　价：68.00元
告　读　者：如发现本书有质量问题请与印刷厂质量科联系　T:021-37910000